Die Weihnachtsgeschichte von Ole
und andere Vorlese-Geschichten aus
KleinFunixwardserSiel

erzählt von

Klaus J. Uhlmann
un in Börkumer Platt overdragen von
©Jan Schneeberg un Gregor Ulsamer
-Zweite Auflage mit 10 Episoden-

Die Weihnachtsgeschichte von Ole

10 Vorlesegeschichten

erzählt von Klaus J. Uhlmann

ins Ostfriesische übertragen von
Jan Schneeberg un Gregor Ulsamer ©

Impressum

Bibliografische Information der Deutschen Nationalbibliothek:
Die Deutsche Nationalbibliothek verzeichnet diese Publikation in der
Deutschen Nationalbibliografie; detaillierte bibliografische Daten sind
im Internet über http://dnb.dnb.de abrufbar.

© 2021 Klaus Jürgen Uhlmann

Herstellung und Verlag: BoD – Books on Demand, Norderstedt

ISBN 9783753439907

INHALT

Vorwort

Jeder, der Ole kennenlernt, liebt ihn. Denn „liebenswert" – das ist sein Naturell. Ole ist der ganz besondere Held dieser Geschichten. Eigentlich ist er kein Held, kein Held im üblichen Sinne, eher ein Antiheld. Denn Ole ist nicht das, was man so allgemein als „normal" beschreibt. Er ist nicht stark. Er ist auch nicht klug und auch nicht besonders gut aussehend. Er ist eher körperlich unbeholfen, ungeschickt und geistig nicht gerade dumm, aber sehr einfältig. Ole käme nie auf die Idee, etwas zu tun, was anderen weh tun oder schaden könnte – und schon gar nicht käme er auf die Idee, etwas Böses zu tun. So kann er gar nicht denken. Nein – Ole ist lieb, ist lieb zu allen, die seine Welt ausmachen: Menschen, Tiere, Pflanzen. Und weil er lieb zu allen ist, wird er auch von allen geliebt. Und so ist er immer darauf bedacht, in seinem Dorf Gutes zu tun, den Schwachen zu helfen, die Traurigen zu trösten – kurz gesagt: sich zu kümmern. Das macht ihn zum Helden, insbesondere zum Helden der Weihnacht, wenn er alte Vorstellungen und Denkweisen aufbricht, so aufbricht, dass der Leser, dass seine Mitmenschen sich fragen: „Warum sind wir darauf nicht selbst gekommen?" Ole wird dabei intensiv unterstützt von seinem Freund Kai-Uwe und seiner alten Lehrerin Tomke.

Spannend und doch einfach erzählt und bei warmem Kerzenschein oder knisterndem Kaminfeuer vorgelesen – so lassen sich Kinder wie auch Erwachsene immer wieder gerne von diesen Geschichten gefangen nehmen. –

Und das gilt erst recht für den besonderen Charme des ostfrie-sischen Platts (in der Form des Börkumer Platt), in der Sprache also, die man da spricht, wo Ole zuhause ist (in liebevoller authentischer Übertragung von Jan Schneeberg und Gregor Ulsamer).

Eins

Die Weihnachtsgeschichte von Ole – oder: Wie Ole ein neues Licht anzündete.

In ganz Deutschland wird seit hunderten von Jahren zu Weihnachten in den Kirchen die Weihnachtsgeschichte aus dem Lukas-Evangelium gelesen. – In ganz Deutschland? – Nein! – Nicht in einem kleinen ostfriesischen Dorf im äußersten Nordwesten der Republik, so klein, dass es auf keiner Landkarte zu finden ist, in KleinFunixwarderSiel. Dort spielt man in der kleinen Kirche seit einigen Jahren zu Weihnachten die „Weihnachtsgeschichte von Ole". Und das kam so:

Jeder im Dorf kennt Ole. Kein Wunder werdet ihr sagen, in einem 300 Seelendorf kennt jeder jeden. Aber Ole ist jemand besonderes. Es wäre gemein und außerdem falsch, ihn den Dorftrottel zu nennen. Sicherlich, er ist etwas einfältig, etwas langsam im Denken und Handeln. Und deshalb hat er nur fünf Schulklassen durchgemacht, aber jede 2x. Und so hat er auch nichts gelernt, keinen richtigen

Beruf zumindest. Doch Ole ist lieb, lieb zu den Alten und Kranken, lieb zu den Kindern, lieb und hilfsbereit zu jedem im Dorf, lieb zu den Tieren der Bauern, lieb zu den Tieren im Wald. Ole ist wie ein leuchtendes Licht. Und deshalb mag ihn wirklich jeder.

Und dann kam der Tag an dem sich ganz viel änderte in KleinFunixwarderSiel, der Tag, an dem Ole ein neues Licht anzündete. Die Leute aus KleinFunixwarderSiel hatten den Ehrgeiz, dass sie jedes Jahr zu Weihnachten ein neues Krippenspiel aufführten. Die Leitung hatte dabei seit KleinFunixwarderSieler Gedenken die alte Tomke, die pensionierte Lehrerin.

Für das neue Krippenspiel brauchte sie einen Wirt, kräftig und robust von Gestalt, reden musste er nicht viel, aber beeindruckend sollte er schon sein. Der Hufschmied, der diese Rolle immer gespielt hatte, war krank und ein Nachfolger fand sich so leicht nicht. Da kam Tomke der Gedanke: Ole. Groß und stattlich war er ja, und reden – wie gesagt – musste er nicht viel. Ole war vor Freude ganz aus dem Häuschen, als Tomke ihn fragte. Er durfte im Krippenspiel mitspielen, im berühmten KleinFunixwarder-Sieler Krippenspiel, und in einer Hauptrolle. Er nickte nur ganz begeistert mit dem Kopf, vor lauter Begeisterung brachte er keinen Ton heraus.

Es blieben noch 10 Wochen zum Üben, aber 10 Wochen können ganz schnell vorübergehen, wenn man solch ein großes Ziel vor Augen hat. Wenn die schwangere Maria und Josef bei ihm anklopften, musste er sagen: „Nix frei!" Und wenn sie dann traurig um Barmherzigkeit bettelten, musste er den Arm mit ausgestrecktem Finger ausfahren und sagen: „Haut ab!" – Vier Worte nur, aber je länger und je mehr sich Ole in die Rolle hinein dachte, desto schwerer erschien im die Rolle. Und er spielte nicht nur einmal mit dem Gedanken, Tomke abzusagen. Aber dann sagte er sich: „Zugesagt ist zugesagt."

…

Der Heiligabend, der Tag der Aufführung, ist gekommen. Die Kirche ist – wie jedes Jahr Weihnachten – bis in den letzten Winkel besetzt. Die Kinder haben gerade „Stille Nacht, heilige Nacht" gesungen. Maria und Josef, gebeugt, offensichtlich geschwächt und frierend, klopfen an die Herbergstür. Die Tür öffnet sich und heraus tritt, groß und mit überkreuzten Armen der Wirt – Ole: „Nix frei" tönt er lautstark. Marie und Josef bitten und betteln um Barmherzigkeit, aber vergebens. Als Ole den Arm mit dem ausgestreckten Zeigefinger ausfährt, wenden sie sich schon ab und gehen. Aber auf einmal wird der Finger ganz schwach und langsam formt sich eine Hand, eine winkende Hand. „Hallo Josef, du auch, Maria. Ihr – ihr könnt meine Stube haben!" – Totenstille. Sogar die raschelnden Mäuse im alten Kirchengebälk halten inne. – Und dann klatscht einer, und dann bricht ein Sturm der Begeisterung los. Und die Organistin haut in die Tasten und noch nie hat man in KleinFunixwarderSiel so schön „O du fröhliche" gesungen. Und seit dieser Weihnacht spielt man in KleinFunixwarderSiel in der Kirche zur Weihnacht die „Weihnachtsgeschichte von Ole".

Een

De Wiehnachtsgeschichte van Ole uk: As Ole 'n neej Lücht anstook.

In heil Dütsland ward siet hunderten van Jahren tau Wiehnachten in de Karken de Wiehnachtsgeschichte ut dat Evangelium van Lukas lesen. –

In heil Dütsland? – Nee! – In ein lüttje oostfreiske Dörp neit, heil boven in de Noordwesthauk van de Republik. Dat Dörp is so lüttjet, dat he up kien Landkaarte tau finden is: KleinFunixwarderSiel. Da leest de Pastor in de lüttje Karke siet Jahren tau Wiehnacht de Wiehnachtsgeschichte van Ole. Un dat kwam so:

17

Elk un eine in't Dörp kennt Ole. Dat is ja uk kein Wunder, sallen ji wall seggen. In ein Dörp van 300 Seelen kennt sück elk un eine. Man Ole is ein heil besünder Menske. Dat was gemein un uk noch verkehrt, hum „Dörptrottel" tau neumen. Seker, hei is ein bietje dudderg, 'n bietje langsam in't Denken un Daun. Darum hett hei bloot fiev Schaulklassen besöcht, man elke Klasse tweemal. Un so hett hei uk nix lehrt, tauminnst kein rechte Wark.

Man Ole is leiv, leiv tau de Olden un Sieken, leiv tau de Kinder, leiv un alltied paraat för elk un ein in't Dörp, leiv tau de Deiern van de Buuren, leiv tau de Deiern in de Hammerk. Ole is as ein tinkelnd Lücht. Darum, un dat is wiss wahr, mag hum elk un ein lieden.
Un dann kwam de Dag, an dej heil vööl

anders waarden is in KleinFunix-
warderSiel: de Dag, an dej Ole ein neej
Lücht anstook. De Lü ut
KleinFunixwarderSiel wassen d'r haast
mall achteran, dat sej elket Jahr tau
Wiehnachten ein neeje Krüppenspööl
upführden. De olde Tomke, de fraugere
Mesterske, was, so wiet as de
KleinFunixwarderSielers denken kunnen,
de Spöölbaas.

För dat neeje Spill brukten sej 'n Wirt, so'n
krachtege un ruuge Fent. Proten muss hei
nei vööl, man overtügen muss hei wall. De
Hufschmitt, dej disse Rulle alltied spölt
hett, was siek. 'n andere, dej man daartau
nehmen kunn, funn sück nei so licht. Da
kwamm Tomke de Gedanke: Ole!
Dat was 'n grote, staatsken Kerl, un proten,
as ik all see, muss hei ja nei vööl.

Ole was vöör Bliedskup heil van Padd off, as Tomke hum fraug. Hei dors in dat Krüppenspööl mitmaken! In dat heil besündere KleinFunixwarderSieler Krüppenspööl! Un dann noch in eine van de hooge Rullen! Hei nickkoppde bloot heil beduust. Hei was so weg, dat hei kein Word drut kreeg.

Da bleven noch tien Weken för't Lehren. Man tien Weken könen heil gau vörbi gahn, wenn man so ein groot Wark vör Oogen hett. Wenn de schwangere Maria un Josef bi hum an de Dör kloppden, harr hei tau seggen: „Nix freej!" Un wenn sej dann bedreuvt um Barmhartigkeid bedelden, muss hei de Arm mit de utstreckde Finger utfahren un seggen: „Haut off!" – Veier Worden. Man je langer un mehr Ole sück in de Rulle rindochte, umso sturer kwamm hum de Rulle vöör. Hei spöölde nei bloot einmal mit de Gedanke, Tomke off tau seggen. Man dann see hei sück: „tauseggt is tauseggt!"

De Dag van dat Upführen, de Wiehnachtsavend, kwamm. De Karke was – as elket Jahr tau Wiehnachten – bit in de letsde Hauk besett. De Kinder harrn nett „Stille Nacht, heilige Nacht" sungen. Maria un Josef, krumm, as man seihn kunn: swack un klömend, kloppden an de Döör van dat Wirtshuus. De Döör gung open, un allemachteg groot, de Armen over Krüüz, kwamm de Wirt drut – Ole: „Nix freej!!" klung dat luud. Maria un Josef beden un beedelden um Barmhartigkeid, man 't was all umsünst. As Ole de Arm mit de Finger utstrecken dee, dreihten sej sück all off un gungen. Man miteins waarde de

Finger heil swack, un sachtjes formde sück 'n Hand, ein winkende Hand. „Hallo Josef, du uk, Maria. Ji – ji könen mien Kamer hebben!" – Doodstille! Sülvst de Muusen in dat olde Karkengebälk wassen an inhollen. – Dann fung de erste an mit Handjeklappen, dann de tweejde, un dann brook daar 'n Störm van Begeisterung ut. Un de Organistin houde in de Tasten, un noch nooit hett man in KleinFunixwarderSiel so mooi „O du Fröhliche" sungen. Un siet disse Wiehnacht leest man in de Karke in KleinFunixwarderSiel tau Wiehnacht de Wiehnachtsgeschichte van Ole.

Zwei

Oles Ernte – oder: Der Mensch lebt nicht vom Brot allein

Ihr erinnert euch gewiss noch an Ole, an Ole aus KleinFunixwarderSiel, dem kleinen ostfriesischen Dorf im äußersten Nordwesten der Republik, so klein, dass es auf keiner Landkarte zu finden ist.

Ole ist in diesem 300-Seelen-Dorf der Besondere, der etwas einfältig im

Denken und Handeln ist, der deshalb auch nur fünf Schulklassen geschafft hat und darum auch nichts Richtiges lernen konnte – der aber von allen geliebt wird, weil er selber lieb ist, lieb zu den Alten und Kranken, zu den Kindern, zu jedem im Dorf, sogar zu den Tieren der Bauern und des Waldes. Ole ist wie ein leuchtendes Licht, und wir haben von ihm gehört, dass er im KleinFunixwarderSieler Krippen-spiel die Weihnachtsgeschichte neu geschrieben oder besser: neu gelebt hat. Aber Oles Licht leuchtet nicht nur an Weihnachten und nicht nur einmal.Die KleinFunixwarderSieler bilden eine lebendige Gemeinschaft. Und vieles, ja, fast alles, was diese Gemeinschaft ausmacht, wird auch gemeinschaftlich angegangen und bewerkstelligt. Das sind zum Beispiel alle Arbeiten und Aktivitäten, die durch den Ablauf des Jahres, durch die Folge der Jahreszeiten anfallen, insbesondere Aussaat und Ernte.

Im Frühjahr werden alle Felder gemeinschaftlich bestellt. Es wird gepflügt und geeggt und ausgesät. Und jeder hat dabei seinen Platz und seine Aufgabe. Auch Ole ist immer dabei, aber er arbeitet nicht, nicht wirklich. Während die anderen auf dem Feld schwitzen, liegt Ole im frischen Gras und genießt die Frühlingssonne, erfreut sich an den wunderbaren Frühlingsfarben in der

Natur und lauscht dem Konzert der Vögel.. Wenn die anderen ihn dann necken – wir erinnern uns: keiner ist ihm böse – und ihn fragen: „Na, Ole, schon Feierabend? Wir haben dich noch gar nicht arbeiten sehen." Dann antwortet Ole in aller Ernsthaftigkeit: „Aber ich arbeite doch auch. Ihr werdet das schon noch sehen."

Und das Ganze ist so in Ordnung. Ole ist viel zu unbeholfen für die meisten Arbeiten; er stände nur im Weg.

Und so geht das das ganze Jahr über: Im Sommer, wenn Heu gemacht wird, wenn die Gärten hergerichtet werden, ja selbst, wenn die schönen Sommerfeiern vorbereitet und gefeiert werden – Ole ist immer dabei, hört zu, freut sich mit den anderen, spielt mit Kindern und Schmetterlingen. Und wenn er gefragt wird: „Ole, was machst du da?", dann sagt er: „Siehst du doch: Ich singe, ich spiele, ich fliege – damit ich fit werde für den Winter."

Und dass der gewaltige Herbst mit der Ernte all dessen, wofür man im Jahr gearbeitet hat, auch für Ole eine besondere Ernte bereit hält, muss nicht besonders erwähnt werden. Nur, Ole erntet anders als die anderen Erntearbeiter. Ole erntet mit offenen Augen und Ohren, mit wachen Sinnen und reinem Herzen.

Und dann kommt der Winter, der in

KleinFunixwarderSiel oft sehr kalt, sehr streng und sehr lang ist. Und an den langen Winterabenden, die manchmal schon am Nachmittag beginnen, kommen die Klein-FunixwarderSieler gerne zusammen, zum Kuchen und Tee oder auch zum Grog. Am Anfang ist das auch sehr schön, aber mit zunehmender Dunkelheit im langen Winter werden die Abende auch zunehmend stiller, vielleicht zunehmend kälter, vielleicht auch zunehmend einsamer und trauriger, vielleicht auch zunehmend langweiliger, besonders für die Kinder. Das schlägt leicht aufs Gemüt, oder wie man modern sagt, das macht depressiv. Aber alles das ist nur halb so schlimm oder gar überhaupt nicht schlimm, wenn Ole dabei ist. Und Ole ist bei allen, er wird rundherum eingeladen. Ole erzählt von den Sommertagen, er erinnert an das große Erwachen im Frühling, singt und pfeift mit den Kindern die Lieder der Vögel und jagt mit ihnen noch einmal einen besonders schönen Schmetterling. Er macht mit dicken Backen das Schnaufen von Max und Olle nach, den beiden Pferden von Bauer Harms, die noch vor den Pflug gespannt werden. Und mit „Tok, tok, tok" lässt er noch einmal den Traktor fahren, wie er den Wohnwagen aus dem Schlamm gezogen hatte.

Ole erinnert an all das, was den vergangenen Sommer so schön gemacht hat. Und wenn Torge Fedder über seinen Rücken klagt und jammert, dann sagt Ole: „Torge hör auf zu jammern. Im Sommer musst du wieder fit sein, wenn du mit deinem Karren die Touristen wieder zum Strand fahren musst. Weißt du noch, was das für'n Spaß war?" Jo, Torge erinnert sich, grinst, und seinem Rücken geht es gleich wieder besser. Alle prusten mit, wenn Ole gestenreich die Wasserschlacht im Dorfteich noch mal aufleben lässt. War das ein Ereignis!

Und erst der Herbst! Und die Ernte! Einmal hat er auf dem Hof vom Harms zwei Äppel geklaut. (Das erzählt er hinter der vorgehaltenen Hand überall

– nur natürlich nicht bei Harms.) Und das Erntefest! Ole durfte mithelfen die Erntekrone zu binden, zusammen mit den Großen. Auch wenn das Stroh überall zwickte und der Strohstaub hinterher überall juckte – er kann nicht aufhören davon zu erzählen. Und die KleinFunixwarderSieler können nicht aufhören ihm dabei zuzuhören.

Ab und zu fragt ihn noch jemand: „Ole, wo hasse das her?" Manchmal fragt auch noch jemand: „Wie kommst du nur auf sowas?" Dann sagt Ole: „Das hab ich erlebt, mit euch, das ganze Jahr." Das ist seine Ernte. Dann sagt er noch: „Das sagt der Pastor immer: Der Mensch lebt nicht vom Brot allein."

Dann ist Stille. Und dann nicken alle. Und dann sagt einer: „Jo. Recht hat er."

Und irgendwann, eines späten Wintertages, nimmt er den Ärmel seiner Jacke, putzt damit eine Fensterscheibe sauber und sagt: „Kuck mal, die Sonne kommt."

Twee

Oles Ernte
uk: De Menske leevt neit allenneg van Brod!

Ji besinnen jau seker noch an Ole, an Ole ut KleinFunixwarderSiel, dat lüttje oostfreiske Dörp, heil boven in de Noordwesthauk van de Republik? Dat Dörp is so lüttjet, dat het up kien Landkaarte tau finden is.

Ole is in dit Dörp mit 300 Lü „de Besündere": 'n bietje dudderg in Denken un Daun, hett darum uk bloot fiev Schaulklassen kroppt un denn uk nix Rechtes lehrt. Man elk un ein mag hum, weil hei sülvst leiv is, leiv tau de Olden un Sieken, tau de Kinder, tau elk un ein in't Dörp, sülvst tau de Deiern van de Buren un dej ut dat Hollt. Ole is as 'n Lücht in't Düstern, un wi hebben van hum hört, dat hei in dat KleinFunixwarderSieler Krippenspööl de Wiehnachtsgeschichte neej schreven of beter: neej leevt het. Man Oles Lücht schient neit bloot an Wiehnachten un neit bloot einmal.

De KleinFunixSieler leven gaud tausamen. Un vööl, ja meist all, wat disse Gemeinskupp utmakt, ward uk tausamen angahn un daan. Daar is as Vörbild dat heile Wark un Gedrüüs, dat over dat heile Jahr, dör de Wessel van de Jahrestieden, anfallt, heil besünders Saat un Ernte.

In dat Vörjahr warden alle Ackers tausamen bestellt. Daar ward plaugd un eggd un utsaait. Un elk hett daarbi sien Part un sien Upgave. Uk Ole is alltied daarbi, man hei warkd neit, nei wahrhafteg. Wannher de andern up dat Feld schweiten, liggt Ole in dat frisse Gras in de warme Vöörjahrssünne, is bliede over de heerleke Vörjahrsklören in de Natur, un lüsterd na dat Konzert van de Vogels. Wenn de andern hum dann nietjen – wi besinnen uns: nümmes is kwaad mit hum – un hum fragen: „Na, Ole, hest all Fieravend? Wi hebben di noch gar nei an't Warken seihn." Dann seggt Ole heil ernst: „Ik wark doch uk! Ji sallen dat wall noch seihn." Und dat is all gaud so. Ole is vööl tau unbehulpen för dat meiste Wark; hei steiht bloot in de Weg.

Un so geiht dat döör dat heile Jahr: in de Sömmer, as Höij makt ward, as de Tunen klaar makt warden, ja sülvst, wenn de mooie Sömmerfesches klar makt un fiert warden – Ole is alltid daarbi, höört tau, is bliede mit de andern, spölt mit de Kinders un de Filappers. Un wenn hei fragt ward: Ole, wat makst du da?", dann seggt hei: „Süchst du doch: ik sing, ik spööl, ik fleig – umdat ik flügg bin för de Winter!"

Dat mutt nei extra seggt warden, dat de geweldige Harvst – mit de Ernte van all dat, för dat man in't Jaar warkd hett – uk *för Ole 'n besündere Ernte vörseihn hett. Bloot, Ole erntet anders as de andern Erntewarkers. Ole erntet mit open Oogen un Ohren, mit wakende Sinnen un mit'n rein Hart.*

Un dann kummt de Winter. Dej is in KleinFunixwarderSiel faakers heil kold, heil streng un heil lang. Un an de lange Winteravenden, dej uk wall mal namiddags anfangen, komen de KleinFunix-warderSieler geern tau-samen, tau Kauke un Tee un uk wall Grog. Tau Beginn is dat uk heil mooi. Man wenn dat dann all düsterer ward in de lange Winter, warden de Avenden all wat stiller, uk wall kolder, viellicht uk taunehmend einsamer un trüriger, viellicht uk langwieliger, besünders för de Kinder. Dat sleit licht up dat Gemaut, of as man up Neejdüts seggt: das macht depressiv. Man dat is all bloot halv so schlimm of heil un dall neit schlimm, wenn Ole daarbi is. Un Ole is bi alle Lüd, hei ward rundum inladen. Ole vertelld van de Sömmerdagen. Hei kann sück besinnen an dat grote Wackerwarden van dat Vörjahr, singt un piept mit de Kinders de Liedjes van de Vogels un jaggd mit hör noch mal 'n besünders mooie Filapper. Hei simuleiert mit dicke Backen dat Schnuven van Max un Olle, de beide Perden van Buur Harms, dej noch vöör de Plaug spannt warden. Un mit „Tok, tok, tok" kann elk un ein nochmal de Trecker fahren hörn, dej de Wohnwagen ut de Klei trucken hett.Ole kann sück besinnen an all dat, wat de letsde Sömmer so mooi makt hett. Un wenn Torge Fedder over sien Rügge klagt un jammert, dann seggt Ole: „Torge, hör up tau jöseln! In de Sömmer musst du weer flügg wesen, wenn du mit dien Kaare de Touristen weer na de Strand fahren musst. Weißt du wall noch, wat dat för ein Aardegkeit was?" Jo, Torge erinnert sück, grient, un sien Rügge geiht dat gliek weer beter.

Alle prusten mit, wenn Ole mit Handen un Fauten de Waterslacht in de Dörpstümpel noch mal upleven lett. Dat was'n.Pläseier!"

Un de Harvst erst! Un de Ernte! Einmal hett hei up de Hoff van Harms Appels klout. (He vertellde dat, mit de Hand vöör de Mund, overall – bloot neit bi Harms.) Un dat Erntefesche! Ole dors mithelpen de Erntekrone tau binden, tausamen mit de Groten. Wenn dat Stroh uk overall an't kniepen was un de Stoff van dat Stroh achteran overall jöökde – hei kunn nei uphören, daarvan tau vertellen. Un de KleinFunnixwarderSieler kunnen neit uphören, hum daarbi tau lüstern.

Off un an fraug hum de eine off andere: „Ole, waar hest du dat weg?" Wallers fragt uk noch well: „Hau kummst du bloot daar up?" Dann seggt Ole: „Dat heb ik beleevt, mit jau, dat heile Jahr." Dat is sien Ernte. Dann seggt hei noch: „Dat seggt de Pastor alltieds: De Mensk leevt neit allennig van dat Brood." Dann is Stillte. Un denn nickkoppen sej all. Un dann seggt well: „Jo. Recht hett hei!"

Un irgendwann, an 'n late Winterdag, nemmt hei de Ärmel van sien Jäckert, putzt damit 'n Fensterschieve skoon un seggt: „Kiek mal! De Sünne kummt!"

Drei

Weihnachten mit Ole – oder: Keiner darf allein sein

Als er sah, wie die Sonne den Horizont berührte, erschrak Ole. Er hatte fast den gesamten sonnigen, aber kalten Wintertag draußen in der Natur verbracht, war voll von großen Gefühlen aus wunderbaren Begegnungen und Erlebnissen, wie nur er – Ole – sie erleben konnte. Und darüber hatte er die Zeit vergessen, hatte vergessen, dass Heiligabend war und dass man in der Kirche in

KleinFunixwarderSiel wahrscheinlich schon auf ihn wartete, denn es galt ja wieder - wie jedes Jahr die Weihnachtsgeschichte – seine, Oles Weihnachtsgeschichte – aufzuführen. Da war Eile angesagt und Ole fing an zu laufen, was ihm auch gut tat, war er doch inzwischen leicht durchgefroren. Bald schon war er im Ort, und als er auf die hell erleuchtete Kirche zulief, bemerkte er gerade noch, wie eine Gestalt mit einem Bündel auf dem Arm sich von der Kirchentüre abwandte und davongehen wollte. Aber da war Ole, der sie am Arm festhielt und sagte: „Moin. Du gehst in die falsche Richtung." „Das glaube ich nicht" sagte die Gestalt müde und traurig. Jetzt sah

Ole, dass er eine junge Frau vor sich hatte. „Ich bin wahrscheinlich nicht erwünscht." „Aber das darfst du nicht sagen" widersprach ihr Ole. „Es ist Weihnachten. Und das sind alles liebe Menschen hier. Das weiß ich, denn sie mögen mich auch. – Was ist los? Warum bist du so traurig? Erzähl es mir!" Er vergaß, dass er es eilig hatte und dass die Menschen in der vollbesetzten Kirche auf ihn warteten. Das hatte Zeit, denn das hier war viel wichtiger und er lehnte sich an die Kirchentür und nahm die junge Frau in den Arm, so ganz selbstverständlich, so wie eine Schwester. So war Ole eben.

...

Der Pastor in der Kirche war mehr als

nervös. Er hatte seine Weihnachtspredigt, eine Predigt von Liebe und Menschlichkeit schon gehalten, und jetzt wartete er, warteten alle auf Ole. Denn Ole war ja die Hauptperson im KleinFunixwarderSieler Krippenspiel. Die Kinder hatten ihr „Stille Nacht, heilige Nacht" schon gesungen. Die alte Tomke ließ schon mal ein weiteres Lied singen: „Maria durch ein'n Dornwald ging." Da öffnete sich die Kirchentür und der Pastor seufzte erleichtert: „Ole, da bist du ja." „Tut mir echt leid, Herr Pastor, dass ich so spät komme" entschuldigte sich Ole. „Aber ich hab' noch jemand mitgebracht." Mit diesen Worten zog er die immer noch etwas widerstrebende junge Frau, deren Bündel auf dem Arm inzwischen zum Leben erwacht war und leicht wimmerte, durch die Tür hinein in die Kirche. „Das ist Jette" rief er. „Peter Petersen – deine Jette!" – und er ging nach vorne zum Krippenspiel.

Peter Petersen saß – wie immer - in der letzten Bank rechts, ganz außen. Einst ein großer starker Mann, kannte man ihn jetzt nur noch gebeugt, mit krummem Rücken und Krückstock. So saß er auch in der Bank, ganz zusammen gesunken. Vor mehr als 10 Jahren war seine Tochter von zu Hause weggelaufen, weil er so hart, so unversöhnlich und unverständig war.

Und vor einigen Jahren war seine Frau gestorben – am Herzeleid. Das alles hatte ihn zerbrochen. – Unter den Worten Oles hatte er sich aufgerichtet und ein Stöhnen, ein Seufzen drang aus seiner Brust – ein Seufzen fast wie ein Schrei. –

...

Das KleinFunixwarderSieler Krippenspiel war zu Ende. Ole hatte Maria und Josef in seine Stube, sein Zuhause eingeladen. Und als die Orgelspielerin zum abschließenden Lied in die Tasten griff, da drehten sich alle in der Gemeinde um und sahen nach hinten, wo in der letzten Bank ein überglücklicher Peter Petersen saß, in einem Arm seine Jette und auf dem anderen Arm sein Enkel, der – wie sein Großvater – Peter hieß. Und wieder einmal gab es in KleinFunixwarderSiel einen Grund, das „Oh, du fröhliche" so fröhlich zu singen wie noch nie zuvor.

Dree

Wiehnachten mit Ole
uk: Nümms dört allennig wesen.

As hei sagg, dat de Sünne tegen de Kimm kwamm, verschruck sück Ole.

Hei was haast de heile Dag buten in de Natür west, was noch vull van grote Indrucken, van dat, wat hum an wunderbare Saken gebört was, un van Beleevsels, as bloot hei – Ole – se beleven kunn. Un daarover harr hei de Tied vergeten, harr vergeten, dat Wiehnachtsavend was un dat man in de Karke van KleinFunixwarderSiel seker all up hum wachten de, denn nu sull ja weer, as elket Jahr, de Wiehnachtsgeschichte – sien, Oles, Wiehnachtsvertellsel! – upführt waarden. Daar was kein Tied tau verkleien, un Ole fung an tau lopen, wat hum uk gaud dee, was hei doch intüsken freewat dörkeult.

Bold kwamm hei in't Dörp, un as hei up de hell lüchtende Karke tauleip, sagg hei nett noch, hau sück 'n Gestalt mit 'n Bündel up de Arm van de Karkendör offkehrde un weggahn wull. Man daar was Ole, dej hör an de Arm fastholde un see: „Moin. Du geihst de verkeerde Patt up!" „Dat glöv ik nei", see de Gestalt möij un trüreg.

Nu sagg Ole, dat hei ein junge Frou vör

sück harr. „Man will mi hier seker nei hebben." „Dat dörst du nei seggen", proode Ole hör tegen.„Nu is Wiehnachten. Un dat bin allet leive Lü hier. Dat weit ik, denn seej mögen mi uk. – Wat is daar gebört? Wat bist du so trürig? Vertell mi dat." Hei vergatt, dat hei in Iele was un dat de Lü in de vulle Karke up hum wachten. Dat harr Tied, denn dit hier was völ wichtiger un hei lehnde sück an de Karkendör un namm de junge Frou in de Arm, so heil natürlek, so as ein Süster. So was Ole....

De Domine in de Karke was mehr as upgeregt. Hei harr sien Wieh-nachtspreek, ein Preek van Leivde un Gaudegkeit, all holden, un nu wachte hei, all wachten seej up Ole. Denn Ole was ja de boverste Person in dat KleinFunixwarderSieler Krippenspööl. De Kinder harn hör „Stille Nacht, heilige Nacht" all sungen. De olde Tomke leit all mal ein ander Leid singen: „Maria durch ein'n Dornwald ging." Daar gung de Karkendör open un de Domine hiemde verlichtert. „Ole, da bist du ja." „Deit mi echt leid, Herr Pastor, dat ik so laat koom," verklaarde sück Ole. „Man ik hebb noch well mitbrocht".Mit disse Worden truck hei de noch düchdeg benaude junge Frou, van dej dat Bündel nu wacker warden was un sacht wimmerde, dör de Dör in de Karke. „Dat is Jette", reip hei. „Peiter Petersen – dien Jette!" – un hei gung na vörn na dat Krippenspööl.

Peter Petersen satt – as alltied – in de letzde Bank up de rechte Siet, heil buten. Frauger ein grote krachtege Keerl, kennde man hum bloot noch mit hangende Kopp, krumme Rügge un Krückstock. So satt hei uk in de Bank, heil tausamensunken. Vör mehr als tien Jahren was sien Dochder van tauhuus weglopen, weil hei so hard un nadragend un sünder Verstand was. Un vör ein paar Jahren was sien Frou storven – an Hartensleid. Dat all harr hum broken. – Under Oles Worden harr hei sück uprichted, un ein Hiemen, ein deipe Sücht kwamm ut sien Borst – ein Sücht, haast as gallpen. –

...Dat KleinFunixwarderSieler Krippenspöl was tau Ende. Ole harr Maria un Josef in sien gaude Kamer in sien Huus inladen. Un as de Örgelspölerske för dat letzde Leid in de Tasten greep, da dreihden sück alle in de Gemeinde um un keken na achtern, waar in de letzde Bank ein overglückelk Peter Petersen satt, in ein Arm sien Jette, un up deander Arm sien Enkel, dej – as sien Grootvader – Peter heide..

Un allweer mal gaff dat in KleinFunixwarderSiel 'n Grund, dat „Oh, du fröhliche" so bliede tau singen as noch nooit vörher.

Vier

Oles Glück – oder: Glück ist selten das Große

Wir erinnern uns an Ole, der glücklich, zufrieden, im Einklang mit sich, mit Menschen und Tieren, in KleinFunixwarderSiel, inmitten eines großen blühenden Gartens lebt. Und das Rezept für Glück und Zufriedenheit, das Rezept für den Einklang mit Mensch und Tier, das Rezept für das Blühen des Gartens und des ganzen Dorfes? Das Rezept dafür, wenn man überhaupt von Rezept reden kann, liegt hier: Man wusste, dass Ole immer eine gute Handvoll Bohnen mit sich trug. Wenn er den Tag begann, wenn er ausging, steckte er diese gute Handvoll von Bohnen in seine rechte Mantel– oder Hosentasche. Nicht um diese im Laufe des Tages so unterwegs zu verzehren, auch nicht um sie irgendwo zu pflanzen. Nein. Da waren sie in seiner Mantel– oder Hosentasche und warteten. Sie warteten auf Erlebnisse, kleine Momente des Staunens, des Wahrnehmens, des Glücks. Sie warteten, dass Ole sah und staunte..

Immer wenn er sah und staunte, wanderte seine Hand voller Dankbarkeit in die rechte Tasche, nahm eine Bohne und steckte diese in die linke Tasche. Und was sah oder hörte Ole alles?

Das Lächeln eines Menschenkindes, fröhliches Spielen, eine besonders schöne Blume, den freundlichen Gruß der Nachbarin, die besondere Form der Wolken am Himmel, einen wunderbar gewachsenen Baum, die Vielfalt der Früchte, eine gelungene fertig gestellte Arbeit,liebevoll zugewandte Augen,…
.

Und so wanderte eine Bohne nach der anderen von der rechten Tasche in die linke. Und abends nahm er dann die Bohnen der linken Tasche hervor und dachte zurück und erinnerte die Begebenheiten. Da war es noch einmal:

das Lächeln, die liebevollen Augen, die schöne Blume, der besondere Baum, die gelungene Arbeit, und was so alles gewesen war.

Und auch wenn er nur **eine** Bohne in der linken Tasche hatte, so war es doch wegen dieser einen Bohne ein guter Tag gewesen. Und dankbares Staunen erfüllte Oles Herz.

Veer

Oles Glück
uk: Glück is meist nei dat Groote

Wi besinnen uns an Ole, dej glückelk, taufree, in't Reine mit sück sülvst, mit Mensken un Deiern, in KleinFunixwarderSiel, in de Midde van ein groote Tune leevt.

Un dat Rezept för Glück un Bliedskup, dat Rezept för de Harmonie tüsken Menske un Deier, dat Rezept för dat Blöijen van de Tune un van dat heile Dörp? Dat Rezept daarför – wenn man overhupt van Rezept proten kann – liggt hier:

Elk wuss, dat Ole alltied ein gaude Handvull Bohntjes bi sück harr. Wenn de Dag anfung, wenn hei rut gung, dann stook hei disse gaude Handvull Bohntjes in sien rechte Jacken- of Büxentaske. Neit, um hör in de Loop van de Dag up tau freeten, uk nei, um seej tau planten. Nee. Seej satten in sien Jacken- of Büxentaske un wachten. Sej wachten up dat, wat daar gebören sull, up lüttje Ogenblicken van verbaast wesen, kieken, van Glück. Sej wachten, dat Ole keek un sück wunderde.

Alltied, as hei wat sagg, wanderde sien Hand, vull van Dankbarkeit, in de rechte Taske, namm 'n Bohntje un stoppde disse in de linke Taske. Un wat sagg un hörde

Ole all!?

Dat Smüstern van 'n Menskenkind, bliede Spölen, ein besünders mooie Blaume, dat fründleke Moin van de Naberske, de klüchtege Förmen van de Wulken an de Hemel, ein wunderbar wussen Boom, de völe verscheiden Früchten, ein Wark, dat gaud mitlopen un schier was, Oogen, dej hum mit Leivde ankeeken, ... Un so wanderde ein Bohntje na de ander van de rechte Taske in de linke. Un avends kraamde hei dann de Bohntjes ut de linke Taske, un doch taurügg un besinnde sück an dat, wat gebört was. Da was dat noch mal: dat Smüstern, de leivdevulle Oogen, de klörege Blaume, de besündere Boom, dat gaud mitlopen Wark, un wat da noch mehr west was.

Un uk, wenn hei man bloot e i n Bohntje in de linke Taske harr, so was dat doch um disse e i n e Bohntje ein gaude Dag west. Un 'n dankbar Verwundern makde Oles Hart vull.

Fünf

Ole lernt Vergeben – oder: Verletzen und Vertragen

Der Ortsvorsteher von Klein-FunixwarderSiel träumt davon, seine Gemeinde touristisch zu erschließen, denn der Bekanntheitsgrad des Ortes wächst zunehmend. Seit den Herbstferien sind Fremde im Dorf, ein Ehepaar mit einem 15 Jahre alten Jungen, Kai-Uwe. Und das kam so: Der alte Hauke hatte sich mit 82 Jahren entschlossen ins Seniorenheim in die

Stadt zu ziehen. Sein Häuschen stand zum Verkauf - aber nicht lange. Kai-Uwes Eltern sind nun dabei, es zu einem Ferien- und Wochenendhaus auszubauen, und kommen seitdem fast an jedem Wochenende nach Klein-FunixwarderSiel.

…

Fokko und Lasse klopfen an Oles Haustür. „Komm raus, Ole! Wir wollen Ball spielen." Das lässt Ole sich nicht zweimal sagen. In wenigen Sekunden ist er fertig und die drei laufen zum Dorfsportplatz, wo die anderen alle schon warten. Ole liebt dieses KleinFunixwarderSieler Ballspiel, in dem es auf Geschicklichkeit und Ruhe ankommt. An Ruhe mangelt es Ole bekanntlich nicht, und was ihm an Geschicklichkeit abgeht, das machen die anderen wieder wett. Sie kennen ja ihren Ole und sie lieben ihn. Nach 10 Minuten stellen sie fest, dass ein Junge am Platzrand steht und zuschaut. Es ist der Fremde – oder besser – der Neue, Kai-Uwe, der die Freunde beim Spiel beobachtet und hin und wieder spöttisch lächelt. Nach weiteren 10 Minuten geht Fokko hin: „Willste mitspielen?" „Ja, schon. Aber nicht dieses blöde Spiel. Das ist ja für Mädchen." „Und was ist für dich kein blödes Spiel?" „Na, Fußball! Das ist ein Spiel für Männer! Ein Kampfspiel, Mann gegen Mann!" Von Fußball haben sie alle nicht die große Ahnung. Aber sie wollen Kai-Uwe einen Gefallen tun, und deshalb lassen sie sich das Spiel kurz erklären, wobei Ole das meiste nicht versteht. Als zwei Mannschaften gebildet werden, gehört er zur Mannschaft von Kai-Uwe. In den ersten Minuten läuft das Spiel natürlich an Ole vorbei. Und als er ein paarmal schmerzhaft angerempelt und einmal sogar auf den Fuß getreten wird, hat er keine Lust mehr. Er dreht sich um und will den Platz verlassen. Dabei kommt er Kai-Uwe in die Quere, der gerade heranstürmt und voll auf Ole aufläuft. Ole fällt hin, Schmerzenstränen schießen ihm in die Augen. Da schreit Kai-Uwe auch schon los: „Du saublöder Sack! Wenn du schon keine Ahnung hast, verpiss dich! Hau ab!" Ole erstarrt, die Erde bleibt für ihn stehen. So etwas hatte zu ihm noch keiner gesagt, er wäre gar nicht auf die Idee gekommen, dass man so etwas überhaupt sagen konnte. Und dann begreift er. Er rappelt sich auf, dreht sich herum und humpelt vom Platz nach Hause, nur weg von hier. Nicht einen Blick wirft er zurück. Sonst hätte er mitbekommen, wie seine Freunde sich um Kai-Uwe, den Fremden, scharen und aufgeregt auf ihn einreden. Aber in diesem Augenblick wäre ihm auch das egal gewesen. Ole zieht sich zurück; verkriecht sich wie ein verwundeter

Bär in seine Höhle. Er ist angeschlagen, ganz tief verletzt. Ganz selten verlässt er das Haus – nur um das Nötigste zu erledigen. Und an den Wochen-enden lässt er sich schon gar nicht blicken. Alle Versuche ihn wieder aufzurichten bleiben erfolglos.

So ziehen einige Wochen ins Land. In der Adventszeit werden viele Lichter angezündet. Bei Ole bleibt es dunkel. Eines Abends klopft es an der Tür von Tomke, der alten Lehrerin. Ole steht draußen. „Junge, wie schön, dass du da bist! Komm rein." Sie nimmt ihn in die Arme und Ole fühlt sich wohl – seit langer Zeit fühlt er sich mal wieder wohl. In seiner Hand hält er eine Postkarte, eine Adventskarte. „Die habe ich gekriegt." Die alte Tomke nimmt die Karte und holt ihre Brille. Sie lächelt leise, Ole kann nicht lesen, nicht richtig jedenfalls.

Als sie die Karte liest, wird sie ganz ernst. „Was steht drauf?" fragt Ole ungeduldig. Tomke liest vor: „Lieber Ole! Es tut mir ganz fürchterlich leid, dass ich dich so schlimm behandelt habe. Ich kannte euer Ballspiel ja nicht, und dich kannte ich auch nicht. Entschuldige bitte – Kai-Uwe." Als Tomke vorliest, läuft in Oles Kopf ein Film ab: „Saublöder Sack! Verpiss dich! Hau ab!" – ganz schnell und immer wieder, immer wieder. Als er sich rumdreht und gehen will, sagt die alte Tomke: „Ole, in zwei Wochen ist

Weihnachten. Und da brauchen wir
dich beim Weihnachtsspiel, bei deinem
Weihnachtsspiel. Denkst du daran?"
„Ja, spielen wir denn? Unser Josef ist
doch gar nicht mehr da." „Das lass nur
meine Sorge sein. Gute Nacht, Ole."

…

Ole geht zurück in seine Höhle, seine
Kummerhöhle. Wieder erlebt er
Stürme und Gewitter in seinem
Inneren, und er erlebt unruhige Tage
und unruhige Nächte. „Entschuldige
bitte. – Entschuldige bitte." Fast
höhnisch wiederholt sich dieser Satz in
seinem Kopf. – Nein, so einfach geht
das nicht. „Saublöder Sack!" – „Es tut
mir leid." – Hau ab!" – „Entschuldige

bitte." Und immer wieder läuft er ab -
dieser Film.

...

Heiligabend. Die Kirche in
KleinFunixwarderSiel ist voll bis auf
den letzten Platz – es ist ja
Weihnachten. Der Pastor hat von
Frieden, von Liebe, Vergebung
gepredigt – es ist ja Weihnachten. Das
berühmte KleinFunixwarder-Sieler
Krippenspiel ist in vollem Gange – es
ist ja Weihnachten.
Ole steht mit verschränkten Armen,
groß und mächtig, erhöht auf einem
Podest vor der Herberge und will den
Beiden, die da in gebeugter Haltung
vor ihm stehen, Maria und Josef,

gerade zu verstehen geben: „Nix frei!"
– da hebt Josef den Kopf und schaut ihn
an, traurig und mit bittenden Augen. In
Oles Kopf macht es „klick" und der
Film will wieder anlaufen, dieser
schlimme Film der letzten Wochen und
Monate. Doch diesmal nicht, diesmal
lässt Ole das nicht zu. Etwas anderes
macht sich in seinem Kopf breit: „Ole
nein. Es ist Weihnachten. Du bist ein
Wirt der Liebe. Entschuldige bitte. Es
tut mir leid. Vergib." -
Ole lässt die verschränkten Arme
fallen, steigt langsam von seinem
Podest herunter, geht auf den Josef zu,
sieht ihn lange an und reicht ihm dann
die Hand: „Ich bin der Ole." Und Josef
sagt: „Ich bin der Kai."Und dann

nehmen sie sich in den Arm. Es ist die alte Tomke, die zuerst klatscht. Dann fällt die ganze Gemeinde ein und die Organistin schmeißt die Orgel an und ... ihr wisst schon: „O, du fröhliche."

Fiev

Ole lehrt Vergeven
uk: Beseeren un Verdragen

De Börgermester van KleinFunix-warderSiel drömt daarvan, sien Gemeinde touristisch in de Höchte tau brengen, denn dat Dörp ward mehr un mehr bekennder. Siet de Harvstferien bin Fremden in't Dörp, ein Paartje mit 'n 15 Jahr olde Jung, Kai-Uwe. Un dat kwamm so: De olde Hauke harr mit 82 Jahr besloten, in't Seniorenhuus in de Stadt tau trecken. Sien Huuske stunn tau Verkoop - man neit lang.

Kai-Uwes Olden bin nu daarbi, daarut ein Ferien- un Wekenendhuus tau maken, un nu komen seej haast an elke Wekenende na KleinFunixwarderSiel.

…

Fokko un Lasse kloppen an Oles Huusdör. „Koom rut, Ole! Wi willn Ball spölen." Dat lett Ole sück neit tweemal seggen. Bloot dreej Sekünden, dann is hei klar un de dreej lopen na de Dörpplatz, waar de andern all wachten. Ole mag dit KleinFunixwarderSieler Ballspööl, waar dat up Handegkeit un Stillte ankummt. An Ruhe mangelt dat Ole, as wi weiten, neit, un wat hum an driffteg wesen offgeiht, dat maken de andern all. Sej kennen ja hör Ole un sej mögen hum.

Na 10 Minüten komen seej d'r achter, dat ein Jung an de Siet van de Platz steiht un taukikkt. Dat is de Frömde – off beter – de Neeje, Kai-Uwe, dej de Fründen bi dat Spöl taukikkt un hen un off un tau an glimmlachen is. Tien Minüten later geiht Fokko na hum hen. „Willt du mitspölen? „Ja, seker. Man neit dit malle Spööl. Dat is ja för Wichter." „Un wat is för di kein mall Spööl?" „Na, Fautball! Dat is 'n Spööl för Mannlü! Ein Kampfspööl, Mann tegen Mann!" Van Fautball hebben seej all kein grote Weiten. Man sej wullen Kai-Uwe 'n Gefallen daun, un darum laten se sück dat Spööl kaart verklaren, waarbi Ole dat meiste neit versteiht. As twee Mannschaften upstellt waarden, hört hei tau dat Klöttje van Kai-Uwe. In de erste

Minüten löppt dat Spööl natürlek an Ole
vörbi. Un as hei 'n paarmal groff un mit
Pien anrempelt un einmal sogar up de Faut
trappt ward, hett he kien Lüst mehr. Hei
dreiht sück um un will de Plaats verlaten.
Daarbi kummt hei Kai-Uwe in de Quere,
dej nett anstörmen kummt un vull up Ole
uplöppt. Ole fallt hen, Tranen van Pien
scheiten hum in de Oogen. Da gallpt Kai-
Uwe uk al: „Du saublöde Sack! Wenn du
all kein Ahnung hest, dann verpiss di! Hau
off!" Ole weit neit wat hum overkummt, de
Eer blifft för hum stahn. So wat hett tau
hum noch nooit well seggt, hei was gar neit
up de Idee komen, dat eine so wat seggen
kunn. Un dann begrippt hei. Hei rappelt
sück up, dreiht sück um un humpelt van de
Plaats – na Hus, bloot weg van hier. Neit e

i n Blick kikkt hei taurügg.

Anders harr hei mitkregen, hau sien Fründen sück um Kai-Uwe, de Frömde, scharen un upgeregt up hum inprooten. Man in disse Ogenblick was hum dat uk egal west.

Ole treckt sück taurügg; verkruppt sück as ein besehrte Baar in sien Höhle. Hei is anslaan, deip verletzt. Hei geiht nei faak ut Huus — bloot um dat Nödigste tau besörgen. Un an de Wekenenden lett hei sück all gar neit seihn. All wat versöcht waard, hum weer uptautillen, blifft sünder Erfolg.

So trecken Weeken in't Land. In de Adventstied waarden völ Lüchter anstoken.

Bi Ole blifft dat düster. An ein Avend kloppt dat an de Dör van Tomke, de olde Mesterske. Ole steiht buten. „Junge, wat mooi, dat du da bist! Koom binnen." Seej nimmt hum in de Arms un Ole feult sück wall gaud – siet lange Tied feult hei sück mal weer gaud. In sien Hand hold hei 'n Postkaarte, ein Adventskaarte. „Dej heb ik kregen." De olde Tomke nimmt de Kaarte un haalt hör Glasen. Sie smüstert sacht, Ole kann nei lesen, tauminst neit so recht. Als seej de Kaarte leest, ward se heil eernst. „Wat steiht da up?" fragt Ole ungedüldeg. Tomke lest vör: „Leiwe Ole! Dat deiht mi heil düchteg spieten, dat ik di so mall behandelt hebb. Ich kunn jau Ballspöl ja neit, un di kennde ik uk nei. Entschuldige bitte – Kai-Uwe." Als Tomke vorleest, löppt in Oles Kop 'n Film off: „Saublöder Sack! Verpiss di! Hau off!" – heil gau un all man tau, alltied weer. As hei sück rumdreiht un gahn will, seggt de olde Tomke: „Ole, in twee Weken is Wiehnacht. Un da bruken wi di bi dat Wiehnachtsspöl, bi dien Wiehnachtsspöl. Denkst du daar um?" „Ja, spölen wi denn? Unse Josef is doch gar nei mehr da." „Dat laat bloot mien Sörge wesen. Gaude Nacht, Ole."

…

Ole geiht taurügg in sien Höhle, sien Kummerhöhle. Weer beleevt hei Störms un Gewitter in sien Innerste, un hei beleevt unrüstege Dagen un unrüstege Nachten. „Entschuldige bitte. – Entschuldige bitte." Haast bitzeg blifft disse Satz in sien Kopp.

– Nee, so einfach geiht dat nei. „Saublöde Sack!" – „Deiht mi leid." – „Hau off!" „Entschuldige bitte." Un alltied weer löppt hei off –disse Film

...

Wiehnachtsavend. De Karke in KleinFunixwarderSiel is vull bit up de letsde Platz – dat is ja Wiehnacht. De Domine hett van Freede, van Leivde, Vergeven preekd – dat is ja Wiehnacht. Dat bekennde KleinFunixwarderSieler Krippenspöl is in vulle Gang – dat is ja Wiehnacht.

Ole steiht mit de Arms overeinander, groot un krachtdadeg, hooger up ein Podest vör de Herberge un will de beiden, dej da mit hangende Koppen vör hum stahn, Maria un Josef, nettekraat tau verstahn geven: „Nix freej!" – da tillt Josef de Kopp un kikkt hum an, trüreg un mit biddende Ogen. In Oles Kop maakt dat „klick" un de Film will weer anlopen, disse schlimme Film ut de letsde Weken un Maanden. Doch ditmal nei, ditmal lett Ole dat neit tau. Wat anders maakt sück in sien Kop breid: „Ole nee. Dat is Wiehnacht. Du bist 'n Wirt van de Leiwde. Entschuldige bitte. Dat deiht mi leid. Vergeev." –

Ole lett de verschränkde Arms fallen, stiggt langsam van sien Podest runder, geiht up Josef tau, kiekt hum lange an un gifft hum dann de Hand: „Ik bin Ole." Un Josef segt: „Ik bin Kai." Un dann nehmen sej sück in de Arm.

Dat is de olde Tomke, dej tau eerst klatscht.
Dann fallt de heile Gemeende in un de
Orgelspölerske schmitt de Örgel an un …
Ji weiten dat all: „O, du fröhliche.“

Sechs

Ole und die Weisen aus dem Morgenland – oder: Gutes tun und Liebe üben.

In KleinFunixwarderSiel, im äußersten Nordwesten der Republik, gehen die Uhren anders als anderswo. Ein wenig langsamer, so ohne den Druck von Eile und Stress. Und trotzdem war es in diesem Jahr den Menschen hier oben so vorgekommen, als sei das Jahr schneller abgelaufen als sonst. Schneller als sonst hatten die

Jahreszeiten einander abgelöst. Schneller als sonst hatte die Dunkelheit des Novembers auch wieder in die ganz große Stille geführt. Dabei war gar nicht soviel Ungewöhnliches geschehen, was das Leben und Erleben beschleunigt hätte. Alles war seinen gewohnten Gang gegangen.

Ole – ihr erinnert euch an den jungen Mann mit dem kleinen Verstand und dem ganz großen Herzen – Ole hatte jede Gelegenheit genutzt mit seinem neuen Freund Kai-Uwe zusammen zu sein. In den Schulferien und an den Wochenenden, die Kai-Uwes Eltern dazu nutzten, ihr Bauernhaus als Ferienhaus umzubauen und

einzurichten, in dieser Zeit also hatte Ole seinem Freund Kai seine Heimat gezeigt, all die Plätze und geheimnisvollen Orte, an denen es so viel zu erleben und zu entdecken gab – freilich auf Oles Art. Doch gerade das war es, was Kai so faszinierte. Ole hatte ihm zu einer ganz neuen Sicht der Dinge und vor allem der Natur verholfen.

Anfang Oktober allerdings war etwas geschehen, was es in Klein-funixwarderSiel noch nie gegeben hatte: Dem Ort waren drei

Flüchtlingsfamilien mit insgesamt 12 Personen zugewiesen worden, drei Ehepaare mit 6 Kindern. Sie wurden in Hankens Hof untergebracht, der seit einigen Jahren nicht mehr bewohnt und bewirtschaftet wurde. Die KleinfunixwarderSieler standen dieser Situation mehr oder weniger hilflos gegenüber, sie wussten nicht, wie sie damit umgehen sollten – mit dieser Situation nicht und schon gar nicht mit den fremden und fremdartigen Menschen. Gut, dass es Integrationsbeauftragte aus der Stadt gab, die sich um alles kümmerten. Und im Dorf hatte man sie bisher kaum gesehen, vielleicht trauten sie sich auch nicht hinein.

Aber Ole wäre nicht Ole gewesen, wenn er dieses neue Problem nicht anders angegangen wäre – auf seine Art eben. Und die war ganz einfach und gleichzeitig einmalig – wenigstens für Kleinfunixwar-derSiel: Er ging hin. Nicht nur einmal, immer wieder; und wenn Kai da war, gingen sie gemeinsam hin. Sie gingen zu Hassan, Massoud und Ahmed, die mit ihren Frauen und Kindern - keines älter als 9 Jahre – dem schrecklichen Krieg in Syrien entkommen konnten.

…

Im November wurde es Zeit, für das KleinfunixwarderSieler Krippen-spiel zu üben, das inzwischen weit über

Ostfrieslands Grenzen hinaus als die „Weihnachtsgeschichte von Ole" bekannt geworden war. Geübt wurde bei der alten Tomke, der pensionierten Lehrerin. Oles Rolle war mit dem Herbergswirt natürlich festgeschrieben. Und obwohl er nur 7 Wörter lernen musste und die eigentlich auswendig konnte, legte er großen Wert auf das Üben – man konnte ja nie wissen. Auch Kai durfte wieder wie im letzten Jahr den Josef spielen.

Aber eines Abends wurde nicht geübt. Nur Ole und Kai waren bei Tomke. Und Ole hatte eine Idee, eine wunderbare Idee, wie er fand. Und Kai fand diese Idee auch wunderbar. Jetzt musste nur noch Tomke zustimmen. So wurde an diesem Abend mehr gesprochen und besprochen als sonst. Und als Ole sich schlafen legte, war er sehr zufrieden: „Jo" sagte er.

Am Weihnachtsabend war die alte Kirche von KleinfunixwarderSiel wie üblich bis auf den letzten Platz besetzt. Die alte Kirche mit ihren dicken Backsteinmauern, den kleinen schönbunten Fenstern, dem weiß-blauen Gestühl, der alten, aber stimmgewaltigen Orgel und dem schönen Altar, mit dem sich über Jahrhunderte immer wieder Künstler liebevoll beschäftigt hatten – die alte Kirche, die den Besuchern immer ein Gefühl von Sicherheit und

Geborgenheit vermittelte.

Die Weihnachtsgeschichte von Ole erlebte gerade ihren Höhepunkt: Der Herbergswirt, Ole, bot Maria und Josef seine eigene Stube als Quartier an. – Bevor jedoch der Jubel losbrechen und die Organistin zum traditionellen „O, du fröhliche" in die Tasten hauen konnte – stand die alte Tomke auf, drehte sich zur Gemeinde um und bat mit einer Geste ihrer beiden Hände um Ruhe. ... Wieder einmal war es am Weihnachtsabend im KleinfunixwarderSieler Weihnachtsgottes-dienst mucksmäuschenstill. Welche Überraschung gab es dieses Mal?

„Liebe Freund und Gäste" sagte die alte Tomke in die Stille hinein. „Wir haben beschlossen, unsere Weihnachtsgeschichte in diesem Jahr um ein Kapitel zu erweitern. Im Matthäus-Evangelium heißt es: ‚Siehe, da kamen Weise aus dem Morgenland nach Jerusalem und sprachen. Wir haben seinen Stern gesehen. Und der Stern ging vor ihnen her, und sie gingen in das Haus und fanden das Kindlein mit Maria und beteten es an und taten ihre Schätze auf.'" Ole war bei den Worten der alten Tomke nach hinten zum Ausgang gegangen. Jetzt kam er wieder nach vorne, und mit ihm kamen drei Männer, denen man ansah, dass sie keine Friesen waren: mit schwarzem Haar, mit schwarzen Bärten und dunklen Augen. Und sie trugen – recht feierlich – schön bunt bemalte Schachteln in ihren Händen. „Das sind Hassan, Massoud und Ahmed aus dem Morgenland, aus Syrien."

Hassan übergab seine Schachtel an Josef bzw. an Kai. Der öffnete sie, entnahm ihr einen Zettel und las vor: „Wir kommen mit unseren Frauen und Kindern aus Krieg und Terror. Wir danken für Frieden und Freiheit." Nachdem sich die erste Überraschung gelegt hatte – das musste einer der Flüchtlinge sein - konnte man in zufriedene, lächelnde Gesichter sehen: Ja, Frieden und Freiheit, das gab es hier. Und es war schön, dass sich jemand dafür bedankte, dass er daran teilhaben durfte. Solch ein Dank tat allen gut.

Dann übergab Massoud seine Schachtel an Kai. Wieder war ein Zettel darin und Kai las ihn vor: „Wir haben Eltern und unser Haus durch eine Bombe verloren. Wir danken für Unterkunft." Da schämte man sich in der Gemeinde. Alle wussten, dass der Hanken-Hof eigentlich nicht mehr bewohnbar war. Das Dach war undicht, und es zog in allen Ecken. Ahmed kam herzu und übergab seine Schachtel an Kai und alle sahen, dass er dabei weinte. Kai las den Zettel vor:

„Unsere beiden Kinder wurden von Rebellen getötet. Wir danken für Betreuung und Hilfe." Die KleinfunixwarderSieler hatten ihren Flüchtlingen nichts getan. Nichts. Also auch nichts Gutes. Man senkte die Köpfe, mancher mit Tränen in den Augen. –

Augenblicke schmerzhafter Stille. Gerade, als der Pfarrer ein Schlussgebet sprechen wollte, stand Mareike Ottens auf, die Frau vom Ortsvorsteher, und übernahm kurz entschlossen die Initiative: „Ich brauche Tee und Punsch und Plätzchen und Kuchen und alles was dazu gehört. Wir treffen uns in 15 Minuten im Gemeindehaus" und zu den drei

Weisen aus dem Morgenland, die noch vor dem Altar standen: „Alle, ihr auch." Doch bevor sich alle in Bewegung setzten stand auch Johannes Ottens auf, der Ortsvorsteher: „Hinnerk, in 10 Minuten mit Trekker und Anhänger am Baustofflager (es war das Lager von seinem Bauhof in der Stadt), und die anderen Männer mit Werkzeug zum Hanken-Hof. Los, los!"

Einige Zeit später saßen Ole und Kai-Uwe auf dem Ems-Deich und schauten über ihr Dorf. Mitten in der Nacht konnte man dort ungewohnte Betriebsamkeit feststellen. Aus dem Gemeindehaus ertönte das Geschnatter und Lachen von Frauen und Kindern. Auch der Hanken-Hof am Rande des Dorfes war hell erleuchtet, und von dort hörte man Kommandos und Geräusche von Maschinen, von Sägen und Bohrmaschinen und Hämmern. Ole und Kai-Uwe waren sehr zufrieden. -

Und auf einmal ertönten andere Geräusche, Töne wie Musik, erst ganz leise – man könnte meinen, es sei eine Einbildung gewesen – dann lauter werdend, wie ein Lied, eine Melodie, dann war es ein Lied, erst etwas durcheinander, und dann fing es an sich zu ordnen.

„Hörsse?" sagte Kai-Uwe. „Jo" sagte Ole. Und bald war Klein-funixwarderSiel erfüllt vom

Lied der Weihnacht – unwirklich, fast geisterhaft und doch wunderschön „O, du fröhliche." Und es schien, als wollte es gar kein Ende nehmen. „Wie viele Strophen hat das Lied?" fragte Kai-Uwe. Ole überlegte lange: „Weiß nicht. Vielleicht hundert?" „Mehr, viel mehr" sagte Kai-Uwe.

Sers

Ole un de Frömden ut dat Mörgenland – uk: Gaudes daun un Leivde üben

In KleinFunixwarderSiel, in de noordwestleke Hauk van unse Republik, ticken de Klocken anders as anderswaar. Ein bietje langsamer, sünder Ielte un Drockde. Un doch kwamm dat de Lü hier dit Jahr so vör, as off dat Jahr gauer offlopen was as anders. Gauer as anders harrn sück de Jahrestieden offwesselt. Gauer as anders harr dat Düstere van de Novembermaand uk weer in de heil grote Stillte over leden.

Daarbi was gar nei so vööl gebört, wat dat Leven un Beleven hier andreven harr. Alles was sien gewohnde Gang gahn.

Ole – ji besinnen jau an de junge Fent mit de lüttje Verstand un dat grote Hart – Ole harr elke Gelegenheit bi de Kopp grepen, um mit sien neeje Fründ Kai-Uwe tausamen tau wesen.

In de Schaulferien un an de Wekenenden, dej Kai-Uwes Olden daartau brukden, hör Buurenhuus as Ferienhuus up tau klütern un intaurichten, in disse Tied harr Ole sien Fründ sien Tauhuus wesen, all de Steeen un geheime Plecken, an dej dat so völ tau beleven un tau entdecken gaff – natürlek up Oles Art un Wiese. Doch genou dat was dat, warum Kai so hen un weg was. Ole harr hum tau ein heil neeje Sicht van de Saken un heil besünders van de Natür hulpen.

Tau Beginn van de Oktobermaand was wat gebört, wat dat in KleinFunixwarderSiel noch nooit geven hett: dreej Flüchtlingsfamilien, tausamen twalf Personen, harr dat Dörp taudeilt kregen, dreej Ehepaare mit sess Kinder. Seej kwammen in Hankens Hoff under, dej siet ein paar Jahren nei mehr bewohnt was un nei bedreven waarde.

De KleinFunixwarderSieler stunnen disse Lage mehr off minder sünder Hülpe tegenover: Sej wussen nei, hau sej damit umgahn sullen – mit disse Lage nei un heil un dall nei mit de frömden un frömdachtege Mensken. Dat was gaud, dat't daar ein Integrationsbeupdragde ut de Stadt gaff, dej sück um alles kümmerde. Un in't Dörp harr man hör haast nei seihn. Viellicht trouden seej sück daar uk nei hen.

Man Ole was nei Ole west, wenn hei dit neeje Problem nei anders angahn was – up sien Maneier even. Un dej was heil licht un taugliek einmalig – tauminnst för KleinFunixwarderSiel: Hei gung hen. Nei bloot einmal, alltied weer; un wenn Kai daar was, gungen sej tausamen hen. Sej gungen tau Hassan, Massoud un Ahmed, dej mit hör Frouwen un Kinders – keineine older as negen Jahr – vöör de schrickelke

Krieg daarvan komen wassen.

In Novembermaand waarde dat Tied, för dat KleinfunixwarderSieler Krippen-spööl tau üben. Dat was intüsken wiet over Ostfreislands Grenzen as „Oles Wiehnachtsvertellsel" bekennt. De Proben wassen bi de olde Tomke, de pensioneerde Mesterske. Oles Rulle was mit de Harbargswirt natürlek fastschreven. Un wenn hei uk bloot söven Worden lehren muss un dej eigentlich utwendig kunn, legde hei grote Weert up dat Proben – man kunn ja nooit weiten. Uk Kai dorss weer – as verleden Jaar – de Josef spölen.

Man up mal waarde an ein Avend nei probt. Bloot Ole un Kai wassen bi Tomke. Un Ole harr ein Idee, 'n wunderbare Idee, as hei funn. Un Kai funn disse Idee uk wunderbar. Nu muss bloot noch Tomke tauseggen. So waarde an disse Avend mehr proot un beproot als anders. Un as Ole up Bedde gung, was hei heil taufreeden: „Jo" see hei.

An de Wiehnachtsavend was de olde Karke van KleinfunixwarderSiel so as alltied bit up de letsde Stauhl besett. De olde Karke mit hör dicke Backsteinsmüren, de lüttje mooiklörege Fensters, de witt-blouwe Banken, de olde, man steemgeweldege Örgel un de moje Altar, mit dej sück over Eiwegkeiten alltied weer Künstlers mit Leivde befat harrn – de olde Karke, dej de Beseukers eiweg 'n Gefeuhl van Sekerheid un Schuul vermiddelde.

Oles Wiehnachtsvertellsel was nett up sien hoogste Punkt: De Herbergswirt – Ole – harr Maria un Josef sien eigen gaude Kamer as Quartier anboden. Man bevöör dat Jucheien lössgahn un de Organistin tau dat traditionelle „O, du fröhliche" in de Tasten houwen kunn – stunn de olde Tomke up, dreihde sück tau de Gemeinde um un bede mit 'n Geste van hör beide Handen um Stillte. ...

Weer mal was dat an Wiehnachtsavend in de Kleinfunix-warderSieler Wiehnachtsgottesdeinst muskestill. Welke Overraschung gaff dat ditmal?

„Leiwe Fründen un Gasten" see de olde Tomke in de Stillte. „Wi hebben besloten, unse Wiehnachtsvertellsel dit Jahr um ein

Kapitel tau vergrotern. In dat Matthäus-Evangelium heit dat: ‚Kiek, da kwammen Wiskündege ut dat Mörgenland na Jerusalem un seen: „Wi hebben sien Steern seihn." Un de Steern leip vör hör hen un sej gungen in dat Huus un funnen dat Kindje mit Maria un sej beden hum an un makden hör Geschenkkisches open.'

Ole was bi de Worden van de olde Tomke na achtern na de Utgang gahn. Nu kwamm hej weer na vörn, un mit hum kwammen dreej Mannlüe, dej man ansagg, dat se kein Friesen wassen: mit swarte Haaren, mit swarte Baarden un dunkle Oogen. Un sej holden – heil fierlek – mooi klörege bemalde Kisches in hör Handen. „Dat bind Hassan, Massoud un Ahmed ut dat Mörgenland, *ut Syrien."*

Hassan gaff sien Kistje an Josef, dat heit an Kai. Dej makde dat open, namm daar 'n Zetel drut un leesde vör: „Wi komen mit unse Frouwen un Kinder ut Krieg un Terror. Wi danken för Freede un Freejheid." As sück de erste Over-raschung leggt harr – dat muss eine van de Flüchtlinge wesen – kunn man in taufreeden smüsternde Gesichter kieken: Ja, Freede un Freeheid, dat gaff dat hier. Un dat was mooi, dat sück well daarför bedankde, dat hei daran deilhebben dors. So'n Dank was för all gaud.

Denn overgaff Massoud sien Kistje an Kai. Weer was da ein Zetel in un Kai leesde vör: „Wi hebben unse Olden un uns Huus dör 'n Bombe verloren. Wi danken för Underkunft." Da schamde man sück in de Gemeinde. All wussen, dat de Hanken-Hoff haast nei mehr tau bewohnen was. Dat Dak was leck, un dat truck in alle Hauken.

Ahmed kwam daartau un gaff sien Box an Kai un alle sachen, dat hei daarbi an't krieten was. Kai leesde de Zetel vöör: „Unse beide Kinders bin van Rebellen umbrocht waarden. Wi danken för Stöhn un Hülpe." De KleinfunixwarderSieler harrn mit hör Flüchtlingen nix makt. Nix. Also uk nix Gaudes. Sej deen de Kopp na beneden, de ein off ander mit Tranen in de Ogen. –

Ogenblick mit Stillte van Pien. Nettekrat, as de Domine ein letsde Gebet seggen wull, stund Mareike Ottens up, de Frou van de

Ortsbörgermester, un overnamm trankiel de Initiative: „Ik bruuk Tee un Punsch un Kaukjes un Kauke un alles wat daartau hörd. Wi seihn uns in 15 Minüten in't Gemeindehuus" un tau de dreej Weisen ut dat Mörgenland, dej noch vöör de Altar stunnen: „All, ji uk."

Doch bevör sück alle in Bewegung setten, stunn uk Johannes Ottens up, de Börgermester: „Hinnerk, in 10 Minüten mit Trekker un Hänger an't Bouwstofflager (dat was dat Lager van sien Bouwhoff in de Stadt), un de andern Mannlüe mit Warktüg na de Hanken-Hoff. Flügg up!"

Ein Tiedlang later satten Ole un Kai-Uwe up de Eems-Diek un keken over hör Dörp. Midden in de Nacht kunn man da rare

Warkachtegkeit faststellen. Ut dat Gemeindehuus klung dat Geschnater un Lachen van Frouen un Kinder. Uk de Hanken-Hoff an de Rand van dat Dörp was hellerlicht, un van daar hörde man Kommandos un Geschall van Maschinen, van Sagen un Bohrmaschinen un Hamers. Ole un Kai-Uwe wassen heil taufreeden. - Un miteins klung dat heil anders, Töne as Musik, erst heil sacht – man sullde meinen, dat was'n Inbildung west – dann harder warden, as 'n Leid, 'n Melodie, dann was dat ein Leid, erst wat döörnander, un dann fung dat an, düdelker tau waarden. „Höress?" see Kai-Uwe. „Jo" see Ole. Un bold was KleinfunixwarderSiel vull van dat Leid van de Wiehnacht – frömd, haast spöökachteg un doch besünders mooi „O, du fröhliche." Un dat kwamm so vör , as wull dat gar kein Ende nehmen. „Hau völe Strophen hett dat Leid?" fraug Kai-Uwe. Ole overlegde lang: „Weit ik neit. Viellicht hundert?" „Mehr, völ mehr" see Kai-Uwe.

Sieben

Oles Weihnachten in der großen Stadt – oder: Weihnachten ist anders.

Ihr alle kennt Ole – die einen mehr, die anderen weniger – vielleicht gibt es auch noch einige , die ihn gar nicht kennen: Ole, den ganz besonderen jungen Mann aus dem 300-Seelen-Dorf KleinFunixwarderSiel im äußersten Nordwesten der Republik. Ole, den alle kennen und lieben, weil Ole auch lieb ist, lieb zu den Alten und Kranken, lieb zu den Kindern, lieb und hilfsbereit zu jedem im Dorf, lieb zu den Tieren der Bauern, lieb zu den Tieren im Wald. Ole, der etwas einfältig, etwas langsam im

Denken und Handeln ist, der es aber geschafft hat, dass man in der KleinFunix-warderSieler Kirche – und anderswo - an Heiligabend seit einigen Jahren die Weihnachtsgeschichte von Ole liest und spielt. Denn Ole hatte ein neues Licht angezündet, ein Licht von Mitmenschlichkeit und Liebe.

Als Ole zum ersten Mal im traditio-nellen KleinFunixwarder-Sieler Krip-penspiel den Wirt spielen durfte, war die Rolle mit 2 Sätzen, mit 4 Wörtern ausgestattet: „Nix frei" und „Haut ab". Damit war eigentlich alles gesagt, aber nicht für Ole. „Haut ab" – diesen Satz bekam Ole bei der Aufführung am Heiligen Abend in der Kirche nicht über die Lippen. Und als er stattdessen Maria und Josef das Angebot machte: „Ihr könnt meine Stube haben", da war die Weih-nachtsgeschichte von Ole geboren.

Und seitdem ist Weihnachten das Fest von Ole geworden. Eigentlich kann man sich in KleinFunixwarderSiel ein Weihnachten ohne Ole gar nicht mehr vorstellen. Und eigentlich kann Ole das selbst auch nicht. - Und das muss man wissen, damit man versteht, wie Ole Weihnachten dieses Mal erlebte.

Seit einigen Jahren ist Kai - eigentlich heißt er Kai-Uwe – Oles bester Freund. Kais Eltern haben sich in KleinFunixwarderSiel ein altes Bauernhaus als Ferienhaus eingerichtet und verbringen dort mit ihrem Sohn fast all ihre freie Zeit, auch Weihnachten sind sie immer dabei – bisher jedenfalls…

Die Mutter von Kai-Uwe durfte in diesem Jahr einen runden Geburtstag erleben, den sie groß feiern möchte. Kai-Uwes Vater ist in seinem Betrieb mächtig befördert worden, was er groß feiern möchte. Ein Verein und eine soziale Organisation, in der die Familie aktiv mitwirkt, hatten Jubiläum, was man groß feiern möchte. Und so entschloss man sich nach langer Beratung, alle Feiern zusammenzulegen und alles gemeinsam mit Verwandten, Freunden, Nachbarn und Arbeitskollegen im Rahmen einer großen Weihnachtsfeier zusammen zu feiern…

Ole klopft mächtig aufgeregt an der Tür der alten Tomke, seiner ehemaligen Lehrerin. Er hat Post bekommen, einen Brief von Kai. Und das, was darin steht, hat ihn eben mächtig aufgeregt. „Du, Tomke" überfällt er sie gleich, als sie die

Tür öffnet, „Kai kommt Weihnachten nicht." „Na, komm mal rein." In Tomkes Stube gibt es erst mal einen Tee, und als Ole - etwas beruhigt – auf dem Sofa sitzt, muss es heraus:"Tomke, Kai kommt dieses Jahr Weihnachten nicht zu uns. Die feiern bei sich zu Hause. Und ich, ich bin eingeladen." „Da freue ich mich aber für dich Ole. Das wird bestimmt schön, und du lernst auch mal was anderes kennen." Ole kann Tomke nicht ganz folgen und schaut sie verständnislos an: „Und das Krippenspiel? Das geht doch dann gar nicht." Tomke legt ihre Hand beruhigend auf Oles Arm. „Ole, das wollte ich sowieso noch mit dir besprechen. Denn da haben wir in diesem Jahr einige Probleme. Auch unsere Maria, die Siemtje, ist Weihnachten nicht hier. Sie macht ein

Auslandssemester in Amerika und kommt Weihnachten nicht nach Hause. Und wenn Kai nun nicht kommt, haben wir ja auch keinen Josef. Wir können also gar nicht spielen." „Und unser KleinFunix-warderSieler Krippenspiel? Was ist damit?" "Nun", sagt Tomke, „ich denke, wir **spielen** es in diesem Jahr nicht, sondern wir **lesen** die Weihnachtsgeschichte von Ole vor. Das wird bestimmt auch sehr schön. Und du kannst die Einladung von Kai und seinen Eltern annehmen."

Ole denkt nach, das heißt eigentlich kämpft er mit seinen Gedanken, aber dann sagt er doch „Jo" und „gut". „Siehst du", sagt Tomke. „Und du musst ja auch ein paar Geschenke mitbringen. Ich habe da schon eine Idee, und ich denke, ich werde mich mit unseren Konfirmanden gleich an die Arbeit machen."

...

Ole staunt, und er weiß noch nicht, ob er sich wohlfühlt oder nicht. In dem Festsaal sind ganz viele Leute. Alle sind chic angezogen und fröhlich. Geschenkpakete wechseln den Besitzer. Man nimmt sich in den Arm, trinkt Sekt und lacht. Eine Kapelle spielt weihnachtliche Tanzmusik. Im Hintergrund sind Tische festlich gedeckt, an einem Buffet gibt es unglaublich viel zu essen. – Irgendjemand klingelt an seinem Glas und hält dann eine Rede; und noch einer, und noch einer. Und da Ole von Tomke einen Auftrag hat, fasst er sich ein Herz und klingelt auch an seinem Glas. Alle sind still und schauen ihn an, etwas amüsiert. Ole stellt einen Korb auf den Tisch und zieht einen Zettel aus der Tasche. Tomke hatte ihm etwas aufgeschrieben: „Ich freue mich", liest er vor, „dass ich hier eingeladen bin. Schöne Grüße, herzlichen Glück-wunsch und frohe Weihnachten aus Klein-FunixwarderSiel. Ich habe hier einen Korb mit Geschenken für euch. Für jeden ist eine Flaschenpost darin, mit guten Wünschen, mit Segenswünschen für das Neue Jahr. Jeder nimmt sich bitte eine Flaschenpost." Er zögert, traut sich dann aber doch: „Können wir ‚O, du fröhliche ‘ singen?" –

Verlegene, ungläubige Stille. Das hatte keiner erwartet. Dann ruft jemand: „Ach Quatsch" – und zur Kapelle gewandt: „Macht mal richtig Mucke. Wir möchten tanzen."

...

Ole ist es gelungen, sich davon-
zuschleichen. Er sitzt draußen auf der
Mauer in der kühlen Nacht. Hier hört er
die Partymusik aus dem Saal kaum noch.
Er lauscht intensiv in die Nacht hinein,
aber das, wonach er sich sehnt,
ist nicht zu hören.   -
Kai setzt sich neben ihn: „Danke!" –
„Wofür?" „Für deinen Segenswunsch" Er
rollt das Papier mit dem Wunsch auf:
„Ich wünschen dir einen Engel, einen
Engel, der immer da ist, wenn
du ihn brauchst."
„Schön" sagt Ole.
„Ich habe dir auch einen mit-
gebracht", sagt Kai. „Hier."
Ole rollt seinen Wunsch auf: „Lobe den
Herrn, meine Seele, und vergiss nicht,
was er dir Gutes getan hat." –
Die Beiden schauen sich an, und dann
legen sie ihre Fäuste aneinander, wie die

Kiddys das heute tun, wenn sie Einigkeit zeigen wollen: „Freund-schaft." „Jo, unsere Freundschaft." – „Meine Eltern fragen, ob du für morgen einen besonderen Wunsch hast." - „Jo", sagt Ole. „Ich möchte morgen in einen Weihnachtsgottesdienst gehen. – Wo man ‚O, du fröhliche' singt." - „Jo", sagt Kai. „Ich auch."

Seven

Oles Wiehnachten in de grote Stadt
uk: Wiehnachten is anders.

Ji kennen all Ole – de eine mehr, de ander minder – viellicht bin daar uk noch welken, dej hum gar nei kennen. Ole, de heil besündere junge Fent ut dat 300-Seelen-Dörp KleinFunixwarderSiel in de noordwestliksde Hauk van unse Republik.

Ole, dej wi all kennen un leivhebben, umdat Ole uk leiv is, leiv tau de Olden un Ssieken, leiv tau de Kinder, leiv un up Stee, um elk un eine in dat Dörp tau helpen, leiv tau de Deiern van de Buren, leiv tau de Deiern in de Hammerk. Ole, dej ein bitje wat dudderg, wat langsam in't Denken un Daun is, dej dat aber klar kregen hett, dat man in de KleinFunixwarderSielder Karke – un uk anderswaar – siet ein paar Jahren an Heiligavend dat Wiehnachtsvertellsel van Ole leest un spölt. Denn Ole harr 'n neej Lücht anstoken, ein Lücht van Gaudegkeit un Leivde.

As Ole dat erste Mal in dat KleinFunixwarderSieler Krüppenspööl de Wirt spölen dors, bestunn sien Rulle ut twee Satzen, mit veier Worden: „Nix free" un „Hout off!". Damit was eigentlich alles seggt, man nei för Ole. „Hout off!" – disse Satz kwamm Ole bi dat Uptreden an Wiehnachtsavend in de Karke so nei over de Lippen. Un as hei, an disse Stee, Maria un Josef anbeiden dee: „Ji könen mien Kamer hebben", da was dat Wiehnachtsvertellsel van Ole entstahn.

Un siet dej Tied is Wiehnachten dat Fest van Ole waarden. Man kunn sück in KleinFunixwarderSiel ein Wiehnachten sünder Ole ja uk gar nei mehr vörstellen. Un eigentlich kunn Ole dat sülvst uk nei. –

Un dat mutt man weiten, umdat man versteiht, hau Ole ditmal Wiehnachten beleevt hett.

Siet ein paar Jahren is Kai – eigentlich heit hei Kai-Uwe – Oles beste Fründ. Kais Olden hebben sück in KleinFunixwarderSiel ein old Burenhuus as Ferienhuus inrichtet un bin da mit hör Jungs haast in all hör freeje Tied, uk Wiehnachten bin seej alltied daarbi – bit nu tauminnst ...

De Mauder van Kai-Uwe dört dit Jahr 'n runde Geburtsdag beleven, dej se groot fieren will. Kai-Uwes Vader is in sien Bedriev de Trappe hooger up fallen, wat hei uk groot fieren will. Ein Verein un 'n soziale Organisation, in dej de Familie aktiv mitwarkt, harrn Verjaardag, wat uk groot fiert warden mutt. Un so kwamm dat, na lang akkedeiern, dat man overein kwamm, alle Fesches tausamen tau leggen un all tausamen mit Verwandskup, Fründen, Kollegen van't Wark un Nabers *in ein grote Wiehnachtsfest tausamen tau fieren.*

...

Ole kloppt heil upgeregt an de Dör van de olde Tomke, sien fraugere Mesterske. Hei het Post kregen, 'n Breif van Kai. Un dat, wat daar in steiht, hett hum düchteg upregt. „Du, Tomke", overfallt hei hör gliek, as sej de Döör open makt. „Kai kumt nei tau Wiehnachten." „Na, koom mal rin." In Tomkes gaude Kamer gifft dat erst 'n Koppke Tee, un as Ole – ein bietje wat bedaarder – up dat Sofa sitt, mutt dat rut: „Tomke, Kai kummt dit Jahr tau Wiehnachten nei tau uns. Dej fieren bi sück tauhuus. Un ik, ik bin inladen." „Daar bin ik ja bliede mit di, Ole. Dat ward seker mooi, un du süchst mal wat anders." Ole kummt bi Tomke nei heil mit un kikkt hör sünder Verstand an: „Un dat Krippenspööl? Dat geiht doch gar nei." Tomke leggt bedaart hör Hand up Oles Arm. „Ole, dat wull ik uk noch mit di beprooten. Wi hebben dit Jahr 'n paar Problemen. Uk unse Maria, de Siemtje, is up Wiehnacht nei hier. Sej makt 'n Utlandssemester in Amerika un kummt tau Wiehnachten nei na Hus. Un wenn Kai nei kummt, hebben wi ja uk kein Josef. Wi könen also nei spölen." „Un uns KleinFunixwarderSieler Krippenspööl? Wat is damit?" „Jo", seggt Tomke, „ik denk, wi spölen dat dit Jahr nei, man wi lesen „dat Wiehnachtsvertellsel van Ole" vör. Dat waard seker uk heil mooi. Un du kanst de Inladung van Kai un sien Olden annehmen."

Ole denkt na, dat heit, eigentlich knüsselt hei mit sien Gedanken, man dann seggt hei doch „Jo" un „gaud". „Süchst wall", see Tomke. „Un du musst ja ein paar Geschenken mitbrengen. Ik hebb da all ein Idee, un ik denk, ik maak mi mit unse Konfirmanden futt an't Wark."

...

Ole wundert sück allemachdeg, un hei weit

noch nei, off hei sück gaud feult of nei. Inde grote Saal bin heil völ Lü. All bin schier antrukken un gaud taumaude. Geschenkpackjes gahn van Hand tau Hand. Man nemmt sück in de Arm, drinkt Prickelwien un lacht. Ein Kapelle spölt wiehnachtliche Danzmusik. In de Achtergrund bin Tafels festlek indeckt, an ein Buffet gifft dat allemachdeg vööl tau Eten. – Irgendeine kloppt an sien Glas un hold ein Prootje; un noch eine, un noch eine.

Un umdat Ole van Tomke 'n Updragg hett, faat hei sück ein Hart un klingelt uk an sien Glas. All bin still un kieken hum an, ein bitje amüsiert. Ole stellt ein Körv up de Tafel un treckt 'n Zetel ut de Taske. Tomke het hum wat upschreven: „Ik bin bliede", leest hei, „dat ik hier inladen bin. Beste Kumpelmenten un Wünsche un glückelke Wiehnachten ut KleinFunixwarderSiel. Ik hebb hier ein Körv mit Geschenken för jau. För elk un ein is daar 'n Flessenpost in, mit gaude Wünsche, un mit Segen för dat Neeje

Jahr. Elk nimmt sück bitte ein Flessenpost." Hei is wat benaud, man dann trout hei sück aber doch: „Könen wi ‚O, du fröhliche' singen?" — Verlegene, ungläubige Stillte. Daar harr nüms mit rekent. Dann röppt well: „Ach Quatsch" — un tau de Kapelle hen: „Makt mal richtig Mucke. Wi willn danzen." ...

Ole kriggt dat klar, stiekum weg tau gahn. Hei sitt buten up de Müre in de kolde Nacht. Hier hört hei de Partymusik ut de Saal haast nei mehr. Hei lüstert full Verstand in de Dunkelheit, man dat, waar naar hei langen deit, is nei tau hören. — Kai sett sück tegen hum: „Danke!" — „Waar för?"

„För dien Segenswunsch." Hei rullt dat Papier mit de Wunsch open: „Ik wünsch di 'n Engel, 'n Engel, dej alltied da is, wenn du hum bruukst."

„Mooi", seggt Ole.

„Ik heb di uk eine mitbrocht", seggt Kai. „Hier."

Ole rullt sien Zetel open: „Loov de Heer,

mien Seele, un vergeet nei, wat hei di an Gaudegkeit daan hett.“ –

De beiden kieken sück an, un dann leggen sej hör Fusten annander, as de Kiddys dat vandage daun, wenn se wiesen willn, dat sej sück eineg bin: „Fründskupp.“ „Jo, unse Fründskupp. – Mien Olden willn weiten, of du tau mörgen ein besündere Wunsch hest.“ – „Jo“, seggt Ole. „Ik much wall mörgen in 'n Wiehnachtsgottesdienst gahn. – Waar man ‚O, du fröhliche‘ singt.“ – „Jo“, seggt Kai. „Ik uk.“

Acht

Ole und Emma – oder: Geliebte Kreatur

Ole ist auf dem Weg zu Meta Haien. Schon lange hatte er sich vorgenommen, sie zu besuchen. Aber die alte Meta wohnt weit vor dem Dorf – zu Fuß immerhin eine Strecke von gut einer halben Stunde. Und Ole ist zu Fuß unterwegs. Er hätte auch das Fahrrad nehmen können, doch heute sorgt der Ostwind mal wieder für `ne steife Brise und für Gegenwind. Und außerdem ist es Ende November, und da ist der Ostwind bekanntlich sehr, sehr kalt. Ole hätte auch auf besseres Wetter warten können. Aber nein – er hatte schon lange das dringende

Bedürfnis Meta Haien zu besuchen. Ihr Mann Torge war im Sommer gestorben und seitdem wohnte sie allein da draußen. Und das gehörte ja bekanntlich zu den vielen schönen Eigenschaften von Ole: Wenn er sich etwas vorgenommen hatte, vor allem wenn es darum ging, anderen etwas Gutes zu tun, dann konnte ihn nichts davon abhalten.

Und solch ein Tag ist nun mal heute. Er hat es fast geschafft, und weil er ziemlich durchgefroren ist, freut er sich schon auf einen heißen Tee bei Meta. Als er um die letzte Wegbiegung geht und Metas kleines Bauernhaus vor sich liegen sieht, bekommt er gerade noch mit, wie zwei Personen in ein Auto einsteigen und losfahren. Sie kommen ihm entgegen und fahren an ihm vorbei. Das Autokennzeichen ist Ole nicht bekannt, sie scheinen also von weiter weg zu kommen.

Ole sorgt sich etwas, klopft an Metas Tür und ist erstaunt, als ihm sofort geöffnet wird und zwar von einer Meta, die vor Freude geradezu strahlt. „Ole, mein Junge; wie schön dass du da bist." Sie freut sich wirklich über den Besuch von Ole – wer im Dorf täte das nicht! – aber der eigentlich Grund für ihre ganz große Freude ist etwas anderes: ein kleines, äußerst lebendiges Wollknäuel auf ihrem Arm. Ein Blick und Ole teilt ihre Freude: „O Meta, was ist der süß!" – „<u>Die</u>, Ole, <u>die</u> ist süß. Das ist eine kleine Hundedame, genauer gesagt, eine kleine Pudeldame. – Komm erstmal rein. Du musst ja ganz durchgefroren sein."

Während Meta das Teewasser aufsetzt und Plätzchen holt, ist Ole begeistert vollauf beschäftigt mit dem jungen Hündchen. Wie könnte es auch anders sein? Dass er so ganz nebenbei ein wenig angepieselt wird, stört ihn nicht im geringsten.

Als die ersten Kluntjes im Tee knistern, erzählt Meta:

Seit dem Tod ihres Mannes ist es recht einsam um sie geworden, und daran ändern auch die Besuche aus dem Dorf nicht viel, auch wenn sie sich sehr darüber freut. Das hatten auch ihre Nichte Thea und deren Mann mit-bekommen, und deshalb sind sie heute aus Bremen gekommen und haben ihr den kleinen Hund geschenkt – „damit wieder etwas Leben ins Haus kommt", wie sie sagten. Ole hat sie gerade noch wegfahren sehen. „Ich glaube, ich werde sie Emma nennen", sagt Meta. "Ja, Emma ist ein schöner Name." „Jo" sagt Ole.

So sitzen sie noch eine Weile beieinander, trinken Tee, klönen über dies und das, Ole spielt mit der kleinen Emma. Als es zu dämmern beginnt, sagt Meta: „Ole, ich hab mich ganz toll gefreut, dass du da warst. Aber jetzt muss du nach Hause, sonst bist du im Dunkeln unterwegs, und da würde ich mir Sorgen machen."

Als sich Ole den Schal umbindet, sagt sie noch: „Ole, eins ist allerdings schade: Ich werde Weihnachten nicht in die Kirche kommen können. Du weißt, wie ich mich immer auf diesen Augenblick gefreut habe. Aber ich glaube nicht, dass ich Emma dann schon allein lassen kann. Sie ist ja noch viel zu klein."

Auf dem Weg nach Hause versucht Ole, seine Gedanken zu ordnen – vergeblich. „Wie kann es sein, dass etwas gut und gleichzeitig schlecht ist?" Eine Antwort findet er nicht.

…

Drei Wochen später:
Ole, Kai und Otto gehen über den Ems-

Deich. Kai, Oles Freund, ist zum Wochenende nach KleinfunixwarderSiel gekommen, um an einer Probe für das berühmte KleinfunixwarderSieler Krippenspiel „Die Weihnachts-geschichte von Ole" teilzunehmen – er spielt ja den Josef. Der Dritte im Bunde, Otto, geht eigentlich nicht so sehr über den Deich, nein – „gehen" kann man das nicht nennen. Ganz aus dem Häuschen tobt er um die Beiden herum – Otto ist ein junger, aber mächtig großer Berner Sennenhund und er freut sich, und so sieht das eben aus, wenn er sich freut. Er hat auch eine besondere Art, jemanden, den er mag, zu begrüßen: Er springt mit den Vorderpfoten hoch und legt beide auf die Schultern seines Gegenübers, der daraufhin meistens das Gleichgewicht verliert und auf dem Hosenboden landet. Ganz besonders mochte er Ole – was an Oles Hose zu sehen ist.

Aber an diesem Tag ist Ole dafür nicht empfänglich. Ganz tief in Gedanken versunken trottet er vor sich hin, sodass `Kai nach einiger Zeit fragt: „Ole, was ist los? Du bist irgendwie gar nicht hier." „Ich muss nachdenken" murmelt Ole. „Kann ich dir dabei helfen? Worum geht es denn?" „Sag mir," sagt Ole, „wie kann etwas gut und gleichzeitig schlecht sein?"

Und dann setzen sie sich beide auf den Deich. – Otto drängelt sich zwischen beide und setzt sich auch – und Ole erzählt Kai die ganze Geschichte von Meta: ihre Freude über die neue Lebensgefährtin einerseits und andererseits ihre Traurigkeit darüber, dass sie ihretwegen nicht zum Heiligabend-Gottesdienst kommen kann. Aber Kai weiß diesmal auch keinen Rat. Otto übrigens auch nicht, aber tut sehr interessiert. „Ich werd mal mit'n Pastor sprechen" sagt Ole. „Jo" sagt Kai „und dann frag ihn gleich mal, ob Tiere auch in den Himmel kommen" und nimmt Otto in den Arm. So sitzen sie da, die Drei, irgendwie wie Brüder.

Am nächsten Tag hat Ole beim Pastor ein langes Gespräch. Und anschließend hat er zu tun, viel zu tun.

Am Heiligabend ist die Kirche in KleinfunixwarderSiel wieder bis auf den letzten Platz besetzt. Es läuft das Krippenspiel. Der Wirt, Ole, hat gerade Maria und Josef seine Stube als Unterkunft angeboten; die Hände der Orgelspielerin schweben schon über den Tasten – startbereit fürs „O du fröhliche", da hebt der Pastor beide Hände und stoppt damit den gesamten Ablauf:

„Liebe Gemeinde, ihr lieben KleinfunixwarderSieler, wir möchten" –

und er fügt lächelnd hinzu: „wir, das sind Ole und ich – wir möchten dem diesjährigen Heiligabend-Gottesdienst noch etwas Besonderes hinzufügen. Ich werde des Öfteren gefragt, meist von Kindern, ob ihre Tiere auch in den Himmel kommen. Diese Frage kann ich so nicht beantworten. Aber ich habe in der Bibel etwas zu diesem Thema gefunden. Im Römerbrief heißt es im 8. Kapitel: „Denn das ängstliche Harren der Kreatur wartet darauf, dass die Kinder Gottes offenbar werden. (…) denn auch die Schöpfung wird frei werden von der Knechtschaft der Vergänglichkeit zu der herrlichen Freiheit der Kinder Gottes. Denn wir wissen, dass die ganze Schöpfung – also alle, auch die Tiere – bis zu diesem Augenblick seufzt und in Wehen liegt.“

„Wenn wir also mit ihnen leben, wenn wir

von ihnen leben und wenn sie mit uns warten, dann – dann ja wollen wir heute auch mit ihnen Weihnachten feiern – mit unseren Tieren. Wie seinerzeit Ochs und Esel."

Das wären eigentlich Oles Worte gewesen, aber Ole spricht bekanntlich nicht gerne. Er tut lieber etwas. Und so öffnet er in diesem Augenblick das große Tor des Seitenflügels der Kirche – und dann kommen sie herein: Liese, die prächtige Schwarzbunte, und der stolze Oldenburger Wallach von Bauer Larssen, drei Schafe vom Deichhirten Jens Lorse und zwei Ziegen vom benachbarten Ziegenkäse-Hof Aalke Ebbing – alle blitzsauber herausgeputzt. Dazwischen gackerten und schnatterten ein paar Gänse und Hühner und Otto hatte über alle die Aufsicht.

Totenstille in der Kirche, auch die Tiere

werden mucksmäuschenstill. Und dann klatscht einer und wieder einmal bricht ein Sturm der Begeisterung los. Und die Orgelspielerin lässt ihre Hände auf die Tasten fallen, und weil das „O du fröhliche" so einmalig und ansteckend fröhlich ist, stimmen alle mit ein – auch die Tiere.

Ganz in der letzten Bank sitzt die alte Meta, und Freudentränen laufen ihr über die Wangen.

Und wer genau hinsieht, kann – in einer Wolldecke an ihre Seite gekuschelt – ein kleines Wollknäuel erkennen.
Und wer genau hinhört, kann sie leise schnarchen hören – die kleine Pudeldame Emma.

Acht

Ole un Emma –
uk: De leiwe Kreatür

Ole is up de Weg na Meta Haien. All lang harr hei sück vörnohmen, hör tau beseuken. Man de olde Meta wohnd wiet weg van dat Dörp – tau Faut doch alltied ein Stück van gaud ein halve Stünde. Un Ole is tau Faut up Padd. Hei harr uk de Fietse nehmen kunnd, man vandage sörgt de Oostewind mal weer för 'n stieve Brise un för Tegenwind. Un butendem is dat nu Ende van Novembermaand, un da is de Oostewind, as wi weiten, heil, heil kold. Ole harr uk up beter Weer wachten kund. Man nee – hei harr all lang dat dwingende Verlangen, Meta Haien tau beseuken. Hör Mann Torge was in de Sömmer stürven un siet dej Tied wohnde sej da buten allenneg. Un dat hörde ja, as wie weiten, tau de völe moje Sieden van Ole: wenn hei sück wat vörnohmen harr, besünders wenn dat darum gung, andern wat Gaudes tau daun, dann kunn hum nix daarvan offholden.

Un so'n Dag is nu mal vandage. Hei harr dat haast kroppt. Un umdat hei recht dörfroren is, is hei bliede bi de Gedanke an 'n heite Tee bi Meta. As hei um de letsde Hauk van de Weg geiht un Metas lüttjet Buurenhuus vör sück liggen sücht, kriegt hei nett noch mit, hau twee Personen in ein Wagen instiegen un offfahren. Sej komen hum enttegen un fahren an hum vörbi. Dat Kennteiken kennt hei nei, sej mutten wall van wieder weg komen.

Ole makt sück ein bitje Sörge, kloppt an Metas Dör un is heil ut Stür, als hum futt open makt ward, un dat van ein Meta, dej vör Bliedskup strahlt. „Ole, mien Jung; wat mooi, datt du daar bist." Se is recht bliede over de Beseuk van Ole – well in dat Dörp *was dat nei! – man dat Wahre för hör heil grote Bliedskup is wat anders: ein lüttje, heil lebendege Wullkneuel up hör Arm. Henkieken un Ole deilt hör Bliedskup: „O, Meta, wat is dej seut!" – „Sej, Ole, sej is seut. Dat is ein lüttje Hundedame, genouer seggt ein lüttje Pudeldamke. – Koom erst mal binnen. Du musst ja heil un dall verklömt wesen."*

As Meta dat Teewater upsett un Kaukjes haalt, is Ole heil un dall andaan un hett alle Handen vull tau daun mit dat junge Hundje. Hau kunn dat uk anders wesen? Dat hei bitau ein bitje anpisst waarde, maakt hum overhupt nix ut.

As de erste Kluntjes in de Tee knistern, vertellt Meta: Siet de Dood van hör Mann is seej recht allenneg, dat maken uk de Beseukers ut dat Dörp nei beter, uk as seej daarover bliede is. Dat harrn uk hör Nichte Thea un hör Mann mitkregen, un darum bin seej vandage ut Bremen komen un hebben hör dat Hundje schunken – „damit weer wat Leven in de Bude kummt", as sej seen. Ole hett hör noch nett wegfahrn seihn. „Ik glöv, ik neum hör Emma", see Meta. „Ja, Emma is ein mooie Name." „Jo" seggt Ole.

So sitten sej noch ein Sett binander, drinken Tee, klönen over dit un dat, Ole spölt mit de lüttje Emma. As dat langsam düster waard, seggt Meta: „Ole, ik bin heil bliede, dat du da west bist. Man nu musst du na Huus, anders bist du in't Düstern underwegs, un da kunn ik mi Sörge maken." Als Ole sück dat Halsdauk umdeiht, seggt seej noch: „Ole, eins is spietelk: Ik kann tau

Wiehnacht nei in de Karke komen. Du weist, hau ik alltied up disse Moment wacht un bliede daarover bin. Man ik glöv nei, dat ik Emma dann all allenneg laten kann. Seej is ja noch völst tau lüttjet."

Up de Weg na Hus versöcht Ole, sien Gedanken taurecht tau leggen – vergebens. „Hau kann dat wesen, dat wat gaud un taumal slecht is?" Ein Antword find hei nei.

... Dreej Weken later:

Ole, Kai un Otto gahn over de Eems-Diek. Kai, Oles Fründ, is up dit Wekenende na KleinFunixwarderSiel komen, um an 'n Probe för dat bekennde KleinFunixwarderSieler Krüppenspöl „Dat Wiehnachtsvertellsel van Ole" mit tau maken – hei spölt ja de Josef.

De daarde in de Bund, Otto, geiht eigentlich nei so recht over de Diek. Buten Rand un Band flüggt hei um de beiden rum – Otto is ein junge, man allemachteg grote Berner Sennenhund un hei is bliede, un so lett dat dann, wenn hei bliede is. Hei hett uk 'n besündere Art, andern, dej hei mag, Moin tau seggen: Hei jumpt mit de Vörpooten umhoog un leggt hör beide up de Schullders van sien Tegenover, dej dann faak sien Balance verlüst un up sien Büxen landet. Heil besünders mag hei Ole – wat an Ole Büx tau seihn is.

Man an disse Dag is Ole daarför nei tau

hebben. Heil deip in Gedanken versunken drömelt hei vör sück henn, so dat Kai na ein Sett fragt: „Ole, wat is gebört? Du bist, ik weit nei hau, gar nei hier." „Ik mutt nadenken", sinneiert Ole. „Kann ik di daarbi helpen? Waar um geiht dat dann?" „Segg mi", seggt Ole, „hau is dat mögelk, dat wat gaud is un tauglieks slecht?"

Un dann setten sej sück beide up de Diek. – Otto warkelt sück tüsken de beiden un sett sück uk hen – un Ole vertellt Kai dat heile Verhaal van Meta: hör Bliedskup over hör neeje Lebensgefährtin up de eine Siet un hör Bedreuvdheid up de ander Siet daar over, dat sej um hör nei tau de Gottesdeinst an Wiehnachtsavend komen kann.

Man Kai weit dit Mal uk kein Rat. Otto uk nei, man hei deiht heil interessiert. „Ik proot mal mit de Domine", segt Ole. „Jo" segt Kai „un denn frag hum glieks mal, of Deiern uk in de Hemel komen" un nimmt

146

Otto in de Arm. So sitten se da, dej Dreej, so'n Art van Breuers.

An de koomende Dag proot Ole ein lange Sett mit de Domine. Un denn hett hei tau daun, völ tau daun.

An de Wiehnachtsavend is de Karke in KleinFunixwarderSiel weer vull bit up de letsde Staul. Dat Krüppenspöl löppt. De Wirt, Ole, hett nett Maria un Josef sien gaude Kamer als Quartier anboden. De Handen van de Orgelspölerske glieden over de Knoppen – klar för „O du fröhliche", da tillt de Domine beide Handen umhoog un hollt damit de heile Loop   up.
„Leiwe   Gemeinde,   ji   leiwe KleinFunixwarderSielers, wi willn" – un hei sett smüsternd bitau: „Wi, dat bin Ole un ik – wi willn dit Jahr tau de Wiehnachtsavendskarke   noch   wat Besünders d'r bi daun. Man fragt mi fakers, meist Kinder, off Deiern uk in de Hemel komen. Disse Frage kann ik so neit

beantwoorden. Man ik hebb in de Bibel wat tau dit Thema funden: In de Breif an de Roomsen heit dat in Kapitel 8: „Denn dat bange Stillholden van de Kreatür wacht daar up, dat Gotts Kinder openbar warden. (...) denn uk de Schöpfung ward free warden van de Knechtschaft van de Vergänglichkeit un geiht tau de herrleke Freeheid van Gotts Kinder. Denn wi weiten, dat de heile Schöpfung – also all, uk de Deiern – bit tau disse Ogenblick hiemt un in Wehen liggt."

„Wenn wi also mit hör leven, wenn wi van hör leven un wenn sej mit uns wachten, denn – ja denn willn wi vandage uk mit hör Wiehnacht fieren – mit unse Deiern. As frauger Osse un Esel."

Dat wassen haast Oles Woorden west, man Ole proot, as wi weiten, nei gern. Hei deit leiwer wat. Un so makt hei in disse Ogenblick dat grote Portal up de Sietflögel van de Karke open – un denn komen se binnen:

Liese, de prachtege Schwartwitte, un de stollte Oldenbörger Wallach van Buur Larssen, dreej Schapen van de Diekhirte Jens Lorse un twee Zegen van de Zegenkeise-Hoff Aalke Ebbing ut de Naberskup – all süwer un skoon. Daartüsken kakeln un schnatern ein paar Gausen un Haunder un Otto muss up alle uppassen.

Karkhoffstillte in de Karke, uk de Deiern warden muuskestill. Un dann klappt eine mit de Handen, un weer breckt ein Störm van Begeisterung löss. Un de Orgelspölerske lett hör Handen up de Tasten falln, un umdat „O du fröhliche" so einmalig is un anstekend bliede maakt, stimmen se all mit in – uk de Deiern.

Heil achtern in de letsde Bank sitt de olde Meta, un Tranen van Bliedskup lopen over hör Wangen.

Un well genou henkiekt, kann – in ein Wulldeken an hör Siet indukt – ein lüttje

Wullkneuel seihn.

Un well genou henhört, kann hör sacht snurken hören – de lüttje Pudeldame Emma.

Neun

Ole – Es ist nicht gut, dass der Mensch allein ist

In KleinfunixwarderSiel herrschte im August ungewöhnliche Betriebsamkeit: Überall sah man Jugendliche, jüngere und ältere, auf Skateboards und Rollern, auf Fahrrädern und Mopeds, mit Rucksäcken oder Gepäck auf den Gepäckträgern. Alle strebten offensichtlich dem großen Dorfanger am Deich zu. Dort war man dabei, ein umfangreiches Lager aufzubauen und zu organisieren. Zelte, Gruppenzelte wurden im Kreis aufgestellt, eine Kochstelle mit Grill und Gulaschkanone war schon fertig. Mobile Sanitär- und

Toilettencontainer waren im Anmarsch. Die Landjugend des Kreises Aurich bereitete sich vor für ihr alljährliches Sommerlager, in diesem Jahr eben hier – in KleinFunixwarderSiel.

Ole saß auf einem seiner Lieb-

lingsplätze, auf einer kleinen Bank oben auf dem Deich. Von hier aus konnte er alles beobachten, ohne selbst mit in den ganzen Trubel hineingezogen zu werden. Das war – wie wir wissen – nicht unbedingt seine Welt: zu hektisch, zu laut, zu unübersichtlich und zu schnell. Er hatte es lieber ruhig, übersichtlich und bedächtig. Aber trotzdem wollte er natürlich wissen, was in seinem Dorf passierte.

Am nächsten Tag hörte man schon im Dorf die Musik und lautes Stimmengewirr vom Dorfplatz. Da war wohl schon einiges los. Ole machte sich auf zum Deich, zu seinem

Deich, um zu schauen und zuzuhören und so auf seine Weise an diesem tollen Ereignis teilzuhaben. Schon von weitem sah er, dass er wohl diesmal nicht alleine sein würde. Auf seine Bank saß schon jemand; beim Näherkommen erkannte er eine junge Frau, fast noch ein Mädchen, etwas jünger als er oder höchstens gleichalt. Zuerst wusste er nicht, wie er sich verhalten sollte. Dann setzte er sich einfach zu ihr auf die Bank: „Moin" sagte er. „Moin" sagte sie. – Schweigen. Irgendwann traute sich Ole, sie unauffällig von der Seite anzuschauen. Dabei wurde er irgendwie ganz unruhig, er spürte etwas in sich, irgendetwas machte etwas mit ihm, was er nicht kannte. Er traute sich: „Gehörst du auch zu denen?" „Jo." „Und warum machste nicht mit?" „Is nicht meine Welt." „Warum biste dann hier?" „Wegen Mama. Sie hat gesagt: Dann lernste mal jemand kennen." - Schweigen. In Ole arbeitete es. Diese Situation musst er erst einmal ordnen und begreifen. Das kannte er so nicht.

Dann fasste er einen Entschluss: „Ich heiße Ole." Und er fühlte, wie sein Herz verrückt klopfte und ihm das Blut in die Wangen jagte. „Ich heiße Swantje" und sie lächelte dabei. – Ole musste weg. „Kommste morgen wieder?" „Jo, du auch?" „Jo."

Am nächsten Morgen war Ole früh auf dem Deich. Im Lager war man noch beim Mittagessen. Doch schon bald löste sich jemand aus der Gruppe Richtung Deich. Und als Ole erkannte, dass es Swantje war, merkte er, dass sein Herz wieder anfing verrückt zu spielen. „Moin Ole." „Moin Swantje." „Geh'n wir spazieren, Ole?" „Jo." Und dann zeigt Ole Swantje seine Welt - auf seine Weise. Und Swantje war ganz schnell gefangen genommen von der Faszination Ole, wie jeder, der Ole kennenlernte. Aber irgendwie war es diesmal mehr als eine neue Welt, eine neue Art sie zu sehen und sich zu wundern. Es war mehr – bei Ole und bei Swantje.

Das Ferienlager war dann bald vorüber und damit auch die schöne Zeit der Beiden. Als sie sich verabschieden mussten, konnten sich beide die Tränen nicht verkneifen. Sie nahmen sich in den Arm – und hielten sich lange fest – sehr lange.

Noch zweimal schaffte es Ole in den folgenden Wochen, mit dem Bus zu Swantje zu fahren und mit ihr einen wunderschönen Tag zu erleben. Und immer, wenn Ole dann nach Hause kam, merkte er, dass er sich veränderte. Er hatte Gedanken, Gefühle, die ihm bisher nicht begegnet waren; und man kann nicht sagen, dass ihm das keine Probleme machte, dass er einfach so damit lebte.

Doch dann ging es mit großen Schritten auf Weihnachten zu, auf Weihnachten und damit auf die Proben für das berühmte KleinfunixwarderSieler Krippenspiel, in dem Ole ja bekanntlich eine Hauptrolle spielte. Bei der vorletzten Probe passierte es: Mareike, die zusammen mit Oles Freund Kai-Uwe das heilige Paar Maria und Josef spielte, blieb an einem herumliegenden Seil hängen, stürzte und brach sich ein Bein. Eine Katastrophe bahnte sich an. Maria bzw. Mareike musste im Stück eigentlich gar nichts sagen, aber es gab in KleinfunixwarderSiel keine andere junge Frau, die vom Alter, vom Aussehen oder von der Figur her die Rolle der Maria überzeugend verkörpern konnte – kein Wunder bei lediglich 300 Einwohnern.

Wundert es jemanden, dass Ole nach langer gemeinsamer Überlegung die rettende Idee hatte? – Swantje! Er erzählte Tomke, der alten Lehrerin, die wieder die Regie im Stück führte, und seinem Freund Kai-Uwe, wer denn Swantje war und woher er sie kannte und wieso und überhaupt.

Kurz gesagt: Swantje war begeistert und gerne bereit, die Rolle der Maria zu übernehmen – und eine Probe gab es ja noch.

Heiligabend: Die kleine Kirche in KleinfunixwarderSiel ist wieder bis auf den letzten Platz gefüllt. Maria und Josef stehen frierend vor dem Wirt, Ole, und bitten um Quartier. „Nix frei" gibt der zur Antwort und fährt den Arm mit dem ausgestreckten Zeigefinger aus. Eigentlich hätte er jetzt sagen müssen: „Haut ab!" Doch Ole sagte den inzwischen so berühmten Satz „Ihr könnte meine Stube haben." – „Nein, nein! Nur du Swantje, nur du allein kannst meine Stube haben." - Es ist heraus, Ole droht ohnmächtig zu werden. Und Maria? ... und Swantje kommt auf ihn zu: „Lieber, mein lieber Ole", und sie gibt ihm tatsächlich einen Kuss, nein ein Küsschen, eher so, wie Oma ihren Enkel küsst. Aber es ist Oles erster Kuss, er ist vollkommen durcheinander und stammelt so etwas wie „...ich, ich dich auch."

Und Kai-Uwe freut sich und klatscht. Und die ganze Gemeinde ist begeistert und klatscht. Alle wissen: Hier haben sich zwei gefunden, die füreinander bestimmt sind. Und mit ihnen werden wir noch viel erleben.

Und wieder klingt's durch Kleinfu-nixwarderSiel : „O du fröhliche" – so schön, wie lange nicht mehr.

Negen
Ole – Dat is nei gaud, dat de Mensk allennig is!

In Kleinfunnixwardersiel was in Augustmaand düchtig Bedreif: overall sach man junge Lüü, up Skateboards un Rullers, up Fietsen un Mopeds, mit Rucksacken of Tasken up de Raden. All wulden sej wall na de grote Dörpwiese an de Diek. Da was man daarbi, ein groot Lager up de Beinen tau stellen. Tenten, Tenten för Gruppen wurden in ein Runde upstellt, ein Kookstee mit Grill un Gulaschkanone was all klar. Wask- un Hüschebuden up Raden kwamen daar uk. De Landjugend van de Kuntrei Auerk was daarbi, alles för dat

Sömmerlager as elket Jaar klar tau maken, dit Jaar even hier – in Kleinfunnixwardersiel.

Ole satt in eine van sien leiwste Hauken, up ein Bankje boben up de Diek. Van hier kunn hei alles bekieken, sünder sülvst in dat heile Gedruus rintrucken tau warden. Dat was – as wi weiten – nei sien Welt: tau ruug, tau luut, vöölst tau schlecht tau overseihn un tau gau. Hei harr dat leiwer rüstig, langsam an un gaud tau overseihn. Man hei wull seker wall weiten, wat in sien Dörp gebörde.

An de komende Dag hörde man all in't Dörp dej Musik un luude Stemmen van de Dörpplaats. Da gung dat wall all tau keer. Ole makte sück up na de Diek, na sien Diek, um tau kieken un tau lüstern un so up sien Maneier an disse grote Fesche daarbi tau wesen. Van wieden sach hei all, dat hei ditmal wall nei allennig wesen sullde. Up sien Bankje sat all well; as hei nader kwam, erkennde hei ein junge Frou, haast noch ein Wicht, wat junger as hei of haast gliek old. Tauerst wuss hei nei, wat hei maken sullde. Dann sette hei sück slicht wech tau hör up de Bank: „Moin“ see hei. „Moin“ see sej. – Stillte. Irgendwann troude Ole sück, sej stiekum van de Siet antaukieken. Daarbi wurd hei heil kribbelig, hei murk wat in sück, da was wat, dat mit hum wat maakde, wat hei nei kennde. Hei troude sück: „Hörst du uk tau dej da?“ „Jo.“ „Un warum makst du nei mit?“ „Is nei mien Welt.“ „Warum biste dann hier?“ „Wegen Mauder. Sej hett seggt: dann lernste mal well kennen.“ – Stillte. – In Ole was dat an‘t Warken. Disse Baul muss hei erst mal klarieren un begriepen. Dat kennde hei nei.

Dann entschloot hei sück: „Ik heit Ole.“ Un hei feulde, hau sein Hart as mall sloog un hum dat Blaud in de Wangen schoot. „Ik heit Swaantje“ un sej smüsterde daarbi. – Ole muss wech. „Kummst mörgen weer?“ „Jo, du uk?“ „Jo.“

An de komende Mörgen was Ole fraug up de Diek. In’t Lager was man noch bi’t Middageeten. Man bold all kwam well ut dat Klöttje na de Diek tau. Un as Ole sach, dat dat Swaantje was, markde hei, dat sien Hart weer tau tüdeln anfung. „Moin Ole.“ „Moin Swaantje.“ „Sullen wi wat gahn, Ole?“ „Jo.“ Un dann wees Ole Swaantje sien Welt – up sien Art un Wiese. Un Swaantje was heil gau hen un wech van dat Wesen Ole, as elke, de Ole kennenleerde. Man ditmal was dat mehr as bloot ein neeje Welt, ein neeje Art, sej tau seihn un sück tau wundern. Da was mehr – bi Ole un bi Swaantje.

Dat Ferienlager was dann bold vörbi, un

somit uk de mooie Tied van de beiden. Als sej uteinander gungen, kunden beide sück de Tranen nei verkniepen. Sej nammen sück in de Arm – un holden sück lang fast – heil lang.

Tweemal kreeg Ole dat in de komende Weken noch klar, mit de Bus na Swaantje tau fahren un mit hör 'n wunderbare Dag tau verbrengen. Un alltied, wenn Ole dann na Huus kwam, kreeg hei mit, dat hei anders wurd. Hei harr Gedanken un Gefeulen, dej hei bit nu nei kennde; un man kann nei seggen, dat dat kein Problem för hum was, dat hei einfach so wieder maakte.

Man dann gung dat mit grote Stappen up Wiehnacht tau, up Wiehnacht un somit up de Proben för dat bekennde KleinfunnixwarderSieler Krüppenspööl, in dat Ole ja as wi weiten, 'n dragende Rulle spöölde. Bi de vörletsde Probe gebörde dat: Mareike, dej tausamen mit Oles Fründ Kai-Uwe dat hillige Paartje Maria un Josef spöölde, bleev an ein Liene hangen, dej da rumlagg, full henn un beseerde sück ein Bein. Ein Katastrophe kwam up sej tau. Maria of Mareike muss in dat Stückje, wall is wahr, gar nix seggen, man da was in KleinfunnixwarderSiel heil un dall kein ander junge Frou, dej van Older, van Utseihn of Figüür de Rulle van Maria overtügend spölen kunn – bi 300 Inwohners ja uk kein Wunder.

Wundert dat irgendwel, dat Ole, naadem sej tausamen lang overleggt harrn, de reddende Idee harr? – Swaantje! Hei vertellde Tomke, de olde Mesterske, dej weer för dat Stück Regie führde, un sien Fründ Kai-Uwe, well denn Swaantje was un hauso hei hör kennde un hauso un overhupt.

Mit ander Worden: Swaantje was beduust un geern daar bi, de Rulle van Maria tau overnehmen – un ein Probe was daar ja noch.

Hillig Avend: de lüttje Karke in KleinfunnixwarderSiel is weer full bit up de letsde Platz. Maria un Josef stahn klömend vör de Weertsmann Ole, un beden um Quartier. „Nix freej“ gevt hei as Antword un fahrt de Arm mit de utgestreckte Finger ut. Nu muss hei eigentlich seggen: „Haut of!“ Man Ole seggt de nu so bekeende Satz „Ji könen MIEN Kamer hebben.“ – „Nee. Nee! Bloot du, Swaantje, bloot du allennig kannst mien Kamer hebben.“ Nu is dat rut. Ole ward dat heil flauw. Un Maria?? ... un Swaantje kummt up hum tau: „Leiwe, mien leiwste Ole“, un sej gevt hum, t'is wall wahr, 'n Kuss, nee, ein Saundje, erder so, as wenn Oma hör Enkel leiv hett. Man dat is Oles erste Kuss, hei is heil und all döörnander un brabbelt wat van „ ... ik di uk. “

Un Kai-Uwe is bliede und klappt mit de Handjes. Un de heile Gemeente is beduust un maakt mit. Alle weiten: hier hebben sück twee funden, dej förander bestimmt bind. Un mit hör sallen wi noch vööl beleven.

Un weer klingt dat Wiehnachtsleed döör KleinfunnixwarderSiel: „ Oh, du Fröhliche“ – so mooi, as 't lang nei was.

Zehn

Virus-Weihnachten in KleinfunixwarderSiel

Das Virus hat alle im Griff, Deutschland, Europa, die ganze Welt – und natürlich auch KleinfunixwarderSiel. In dem kleinen Dorf im äußersten Nordwesten Deutschlands, in der Heimat von Ole, hat man davon zwar noch nicht so viel gemerkt – es gibt bisher zwei Infektionsfälle mit leichtem Verlauf, aber keine Schwerkranken und auch keine Todesfälle – aber all die Regelungen zur Bekämpfung des Virus gelten natürlich und sinnvollerweise auch in KleinfunixwarderSiel: Abstand halten,

Maske tragen, Beschränkungen bei Zusammenkünften zum Beispiel auch in der Kirche. Doch da wird das Problem schon zu einem größeren Problem: Die alte Kirche im Dorf ist vor Zeiten so gebaut, dass man in den kurzen, engen Bänken eher zusammenkuscheln muss, als Abstand halten zu können. Maximal 8 – 10 Personen, mehr geht nicht unter den Pandemie-Regelungen.

Als Ole das bewusst wird, weiß er auch: Weihnachten wie gewohnt mit vollem Haus und mit Krippenspiel – das geht gar nicht. Und als er und seine Swantje sich mit der alten Tomke zur Beratung zusammensetzen, sind sie sich bald einig: Weihnachten in der Kirche – das geht wohl überhaupt nicht, nicht in diesem Jahr. Wer soll denn am Heiligen Abend zur Kirche gehen dürfen? Die oberen Zehn aus dem Dorf, der Ortsvorsteher mit seiner Familie und die Familie des Bauern-schaftsvorsitzenden? Oder vielleicht die zehn Ärmsten aus dem Dorf? Das geht natürlich nicht, das würde sie ja bloßstellen, diskriminieren, wie man so modern sagt. Nein, im Grunde kann in der Kirche nichts stattfinden, nichts, womit alle zufrieden sein könnten.

Und so dauert die Beratung der Drei länger als sonst, sehr viel länger. Und was dann schließlich dabei herauskommt, das ist wieder typisch für Ole, der es einfach nicht ertragen kann, dass man irgendeinen nicht mitnehmen könnte, dass man jemand außenvor lassen müsste – aus welchen Gründen auch immer. Und die alte Tomke ist auch zufrieden mit dem Ergebnis, sie kennt ja ihren Ole. Und Swantje freut sich darauf, mit ihrem Ole das Weihnachtsfest auf eine besondere Art und Weise vorzubereiten.

Und das bedeutet zunächst einmal Arbeit. Denn bekanntlich geschieht ja nichts einfach so und von selbst. So wird gesägt, genäht und gemalt, und auch das eine oder andere KleinfunixwarderSieler Talent, vielleicht schon lange im Ruhestand, wird animiert mitzumachen. Und da Ole sie darum bittet, machen alle mit.

Eine Woche vor dem Heiligen Abend ist dann alles rechtzeitig fertig, sodass Ole und Swantje sich auf den Weg machen können. Zuerst klopfen sie natürlich beim Ortsvorsteher, bei Johannes Ottens, an. Als seine Frau die Tür öffnet, wünschen ihr Ole und Swantje „… schon jetzt ein ganz besonderes Weihnachtsfest." Sie überreichen Mareike Ottens ein aus Sperrholz gesägtes und bemaltes Pärchen: Josef und die schwangere Maria. Und in diesem Augenblick findet ein neues

KleinfunixwarderSieler Weihnachtswunder seinen Anfang, als Mareike Ottens
sagt: „Jo, ihr könnt meine Stube haben."
Damit haben Ole und Swantje wahrlich
nicht gerechnet, umso glücklicher sind sie.
Und sie erklären der Frau Ortsvorsteher
ihren Plan für eine Virus-Weihnacht.
Am Heiligen Abend treten alle
KleinfunixwarderSieler um 22:00 Uhr vor
die Tür. In der Kirche werden sämtliche
Türen geöffnet, und die Organistin spielt,
so laut ihre Orgel es zulässt, das „O, du
fröhliche". Alle, die die Orgel hören
können, stimmen mit ein, und so wird ganz
schnell der Gesang mit der Orgel so laut
sein, dass alle aus dem Dorf es hören und
mitsingen können. So wären dann trotz
Pandemie am Heiligen Abend alle
weihnachtlich vereint. „Das ist ja mal ein
Plan", sagt Mareike Ottens mit
Bewunderung und wünscht den Beiden viel

Freude bei ihrem Gang durchs Dorf und viel Erfolg mit ihrem Plan.

Froh gestimmt machen sich Ole und Swantje auf den Weg, und sie dürfen Großartiges erleben: Das kleine Weihnachtswunder, das bei der Frau des Ortsvorstehers begann, breitet sich aus, wird zu einem großen Wunder, ja fast zu einem Mysterium: An jeder Haustür, an der sie anklopfen und ein Maria-und-Josef-Paar überreichen, schallt es ihnen entgegen: „Ihr könnt meine Stube haben." Und ein jeder sagt zu, am Heiligen Abend das „O, du fröhliche" auf die vorgeschlagene Art mitzusingen. Ole und Swantje sind jeden Tag unterwegs, bei Wind und Wetter, aber mit fröhlichem Herzen, damit alle KleinfunixwarderSieler mit dieser Weihnachtsbotschaft erreicht werden. Am Nachmittag des Heiligen Abends machen sie sich auf den Weg zur alten Meta

Haien, die ja mit ihrer Pudeldame „Emma"
weit draußen vor dem Dorf wohnt. Wen
wundert es, dass auch die alte Meta Maria
und Josef ihre Stube anbietet. Den Heiligen
Abend verbringen sie bei Tee und Gebäck
– der Tee bekommt auch ein kleines
Schlückchen Rum – und sie haben sich
ganz viel zu erzählen. Auch Emma freut
sich „tierisch" über den Besuch und will
Swantjes Schoß gar nicht mehr verlassen.
Um 22:00 Uhr gehen sie vor die Tür. Die
Nacht ist sternenklar und es dauert nur
einen kurzen Moment, bis sie die Woge des
Liedes erreicht „O, du fröhliche". Natürlich
singen sie alle drei Strophen mit –
auch Emma.

Als das Lied verklungen ist und die alte
Meta sich ihre Tränchen abgewischt hat,
sagt sie zu den Beiden: „So, nach Hause
geht ihr Beiden jetzt aber nicht mehr. Ihr
könnt meine Stube haben."

Tiehn
Virus-Wiehnacht in KleinfunnixwarderSiel

Dat Virus hett all in de Greep, Dütsland, Europa, de heile Welt – un natürlig uk KleinfunnixwarderSiel. In dat lüttje Dörp in dat butenste Nordwest van Dütsland, waar Ole tauhuus is, hett man daarvan wall noch nei heil so vööl mitkregen – dat gav bitlang tweej Infektionsfälle van de lichte Sort, man gein Swaarkranken un uk kein Doden – man all de Vörschriften, um Baas over de Virus tau warden, gellen natürlek uk in KleinfunnixwarderSiel:

Offstand holden, Maske dragen, Inschränkungen biet Tausamenkomen, as

Vörbild uk in de Karke. Man daar ward dat Problem all wat groter: de olde Karke in't Dörp is vöör lange Jaaren so bouwt warden, dat man in de kaarte, enge Banken ehrder tausamenkuscheln mussde, as dat man da van einander weg blieven kunn. Dat hochsde wassen acht bit tien Lü, mehr gungen under de Pandemieregelungen daar nei in.

As Ole dat klar ward, weit hei uk: Wiehnacht as frauger, mit vull Huus un Krippenspööl – dat geiht gar nei. Un als hei un sien Swaantje sück mit de olde Tomke tausamen setten, um tau akkedeiern, bind sej bold eins: Wiehnachten in de Karke – dat sall wall overhupt nei gahn, nei dit Jaar. Well dörss denn an de Hillig Avend wall na de Karke gahn? De boversten tien ut dat Dörp, de Ortsbörgermester mit sien Familie un de Familie van de Vörsitter van de Buren? Of viellicht de tien Armsten ut

175

dat Dörp? Dat geiht wiss nei, dat würd hör ja blootstellen, an de Pranger, as man so seggt. Nee, in de Karke kann wiss nix wesen, waarmit all taufreden wassen.

Un so mutten dej dree de Koppen langer tausamensteken, as anders, heil vööl langer. Un wat dann tauletsd daarbi rutkummt, dat is weer echt Ole, dej dat heil un dall nei verdragen kann, dat man irgendwel nei mitnehmen kunn, dat man well buten vör laten mussde – för wat uk immer. Un de olde Tomke is uk taufree mit dat Resultat, sej kennt hör Ole ja. Un Swaantje luurt da uk up, mit hör Ole dat Wiehnachtsfesche up ein heil besündere Maneier vörtaubereiden.

Un dat bedütt erstmal Wark. Denn nix gebört van sülvst, as wi weiten. So ward saagt, neiht un malt, un uk dat eine of ander KleinfunnixwarderSieler Talent, mag wall al lang up Rente, ward anproot, mittaumaken. Umdat Ole hör darum beden deiht, maken all mit.

Ein Weke vör Hilligabend is dann allet up Tied klar, so dat Ole un Swaantje sück up de Padd maken könen. Tauerst kloppen sej natürlek bi de Dörp-Börgermester an, bi Johannes Ottens. As sien Frou de Döör open makt, wünschen Ole un Swaantje hör „ ... nu all ein heil besünder Wiehnachtsfest." Sej geben Mareike Ottens ein ut Sperrholt utsaagtd un anmaaldt Packje: Josef un Maria, dej up hör Kind wacht. Un in disse Moment hett ein neeje KleinfunnixwarderSieler Wiehnachtswunder sien Anfang nohmen, als Mareike Ottens seggt: „Jo, ji könen mien Kamer hebben." Damit hebben Ole un Swaantje heil un dall nei rekent, man sej bint da besünders bliede um. Un sej

vertellen de Frou Börgermester hör Plan
för ein Virus-Wiehnacht:

„An   Hilligavend   gahn   all
KleinfunnixwarderSieler um tien Üür vöör
de döör. In de Karke warden alle Dören
open makt, un de Organistin spölt, so luud
as hör Örgel dat taulett, dat „Oh, du
Fröhliche". All, dej de Örgel hören könen,
stimmen mit in, un so ward dat Singen mit
de Örgel heil gau so luud wesen, dat all ut
dat Dörp dat hören un mitsingen könen."
So wassen dann trotz Pandemie an de
Hillig Avend all, as dat tau Wiehnacht mutt,
tausamen. „Dat is ja mal ein gaude Plan",
seggt Mareike Ottens bewundernd un
wünst de beiden vööl Pläsier bi hör Gang
döör dat Dörp un vööl Erfolg mit hör
Vörhebben.

Heil bliede maken sück Ole un Swaantje up
de Padd, un sej döörn allemachtig mooiet

erleben: Dat lüttje Wiehnachtswunner, dat bi de Frou van de Börgermester anfung, geiht all wieder, ward ein grote Wunner, ja harst tau ein Mysterium: an elke Huusdöör, an dej sej ankloppen un ein Maria-un-Josef-Paartje overgeven, kriegen sej tau höörn: „Ji könen mien Kamer hebben." Un elk un eine seggt tau, an Hillig Avend dat „Oh, du Fröhliche", so as dat vörseihn is, mittausingen. Ole un Swaantje bind elke Dag underwegens, bi Rött un Regen, man mit grote Bliedskup in hör Harten, damit de Wiehnachtsböskup tau alle KleinfunnixwarderSieler kummt.

An de Namiddag vöör Hillig Abend maken sej sück up de Wech tau de olde Meta Haien, dej ja mit hör Pudeldamke „Emma" wiet buten vör dat Dörp leevt. Wel wundert dat, dat uk de olde Meta Maria un Josef in hör Kamer inladt? De Hillige Avend bind sej tausamen bi Tee un Kaukjes – de Tee kriggt uk ein lüttje Schluckje Rum – un sej hebben sück heil vööl tau vertellen. Uk Emma is „tierisch" bliede over de Beseuk un will heil un dall nei mehr van Swaantjes Schoot.

Um tien Üür gahn sej vöör de Döör. In dat Duster van de Nacht tinkeln de Sterns un dat düürt bloot ein kaarte Moment, bit de Woge van dat Leid bi hör ankummt, „Oh, du Fröhliche". Wiss singen sej alle dreej Strophen mit – uk Emma.

Als dat Leed verklungen is un de olde Meta sück hör Trantjes ofwisket het, seggt sej tau de beiden: „So, na Huus gahn ji beiden nu man nei mehr. Ji könen mien Kamer hebben."